LYDIE,

ou

LA CRÉOLE.

LYDIE,

ou

LA CRÉOLE.

Par Madame Adèle DAMINOIS.

> N'est-il pas bien simple que les enfan
> du même père se traitent en frères
> entre eux.
>
> J. J. Rousseau, *Nouv. Héloise.*

TOME TROISIÈME.

A PARIS,

CHEZ LETERRIER, LIBRAIRE,

RUE MONTORGUEIL, N°. 57.

1824.

LYDIE,

ou

LA CRÉOLE.

~~~~~~

CHAPITRE XVIII.

———

Il est nécessaire d'expliquer que
dans les courses entreprises par Astolfe dans l'intention de servir Lydie, il avait été rencontré par Henrico,
qui l'avait suivi sans qu'il s'en fût
aperçu ; c'est ainsi que la demeure de

III.   I

la comtesse de Saint Yves avait été découverte, et qu'Henrico, par esprit d'intrigue, s'était faufilé près du *factotum* de madame d'Outreville, et lui avait nommé, sans affectation, l'hôtel où logeait la jeune créole; il était parvenu de même à connaître les projets de retraite de cette dernière. S'ils se fussent exécutés, Astolfe pouvait échapper à son maître, et Henrico n'avait point oublié de le délivrer de cet ennemi de son repos. Le retrouver à Paris près de Lydie, lorsqu'il avait été au moment de le perdre à jamais, était une fortune pour cet homme cruellement serviable et dévoué. Il prépara les circonstances; elles réussirent au-delà de son espoir; et lorsqu'il fut sûr du succès, il instruisit don Aurélio de la rencontre singulière qu'il avait faite, de l'arrivée de Lydie en France, de la mort de M. de Saint Yves qu'il ignorait encore, et en même temps il lui fit connaître madame d'Outreville, ainsi que la maison où elle demeurait.

Gonzalès, que rien n'avait arrêté durant son voyage, avait de beaucoup précédé sa nièce à Paris. Là, il eut l'occasion de jouer un rôle qui tenait aux affaires politiques du temps. Il établit des communications avec la cour de Portugal, prit l'habit séculier, fit venir des fonds considérables, qui devaient l'aider à soutenir son rang en favorisant ses vues, et profita ainsi, avec toute l'habileté possible, du hasard qui l'avait obligé à fuir les rives d'Amérique.

1*

A Saint-Domingue il avait prêché l'évangile, à Paris il devint un homme d'état, et sut servir son prince auprès du gouvernement français d'alors, en se montrant à-la-fois habile diplomate et politique adroit.

Il semblerait surprenant qu'une âme de cette trempe, douée d'une intelligence peu commune et se pliant aux événemens pour se montrer encore supérieur à eux, conservât un sentiment de haine contre un sujet en apparence obscur et peu dangereux. Il paraîtrait, au contraire, que de vastes idées devaient le détourner d'une vengeance plusieurs fois trompée; mais ce ne serait pas connaître tous les replis du cœur humain, que de le croire susceptible d'oubli, quand le remords donne une continuelle importance à l'être qui les cause.

Ah! que de fois un grand personnage, enivré d'honneurs et de gloire, a retrouvé dans la solitude ce ver rongeur de l'âme qui ne laisse ni paix, ni sommeil! Pour tout dire enfin, la vue d'Astolfe, ou plutôt de l'infortuné Zéliore, était un secret reproche pour Gonzalès; et au milieu des projets de l'ambition, comme au milieu des austérités du missionnaire, la même idée l'occupait. Eh quoi! ne pourrat-il être du moins délivré de cette présence odieuse, importune! Faut-il donc toujours rencontrer sur son chemin celui qui est devenu son tourment habituel!.... Et toujours, Lydie servant comme d'égide au malheur, sera-t-elle entre lui et l'homme qu'il déteste ?

—Non, non, s'écria Gonzalès, après avoir écouté Henrico, cette protection même lui deviendra funeste !.... Mais, d'abord, séparons-les....

Cette détermination n'offrit point d'obstacles, la douce pudeur de Lydie aida la duplicité. Don Aurélio ne fut pourtant qu'à demi satisfait, car il ne put réussir à humilier l'ancien esclave de M. de Saint Yves. Peut-être que l'artisan de sa misérable destinée devait échouer désormais dans ses cruels desseins : il est un Dieu, surtout pour les infortunés !....

Aussitôt qu'Irma eut remis à Astolfe le billet de Lydie, celui-ci s'enferma avec elle, sans vouloir entendre Henrico qui venait le prier, de la part dé

don Aurélio de Gonzalès, de vouloir
bien lui remettre l'état des sommes
dont la comtesse de Saint Yves lui
était redevable. Le mulâtre, sans lui
répondre un seul mot, ne s'occupa
que de celle dont il venait de lire le
dernier adieu. Il reçut des mains de
la fidèle négresse le portrait de Lydie
et la boucle de cheveux de l'enfant
qu'il avait vu naître. Un transport
sombre et concentré exprima seul
l'effet qu'il ressentit en touchant ces
dons précieux. Il ouvrit sa poitrine,
et en présence d'Irma il les posa sur
son cœur.

— Là, dit-il, ils resteront jusqu'à
la mort.... Ses yeux étaient secs, mais
couverts d'un nuage de douleur; ses
lèvres tremblaient; son corps fléchis-
sait, malgré l'effort qu'il faisait pour

dérober à la vue de quelqu'un la vio-
lence de son désespoir.

La petite esclave fut effrayée de le
voir dans cet état.

— Bon Astolfe, dit-elle, toi bien
malade !

— Oh oui! s'écria-t-il en étouffant;
surtout ne lui dis pas !

— A qui ? répondit-elle.

— Je n'y puis plus tenir, continua-
t-il, et des larmes abondantes le sou-
lagèrent.

Astolfe resta quelques instans la
tête appuyée sur une table ; enfin, il
put relire le billet de Lydie. Il traça
quelques lignes pour elle, dont il
chargea la jeune messagère ; et un
quart-d'heure n'était point écoulé, qu'il
était loin de l'hôtel pour n'y rentrer
jamais !....

Ce fut dans la superbe demeure de Gonzalès, au milieu du luxe et de l'extrême opulence, qu'Irma retrouva Lydie ; elle traversa de vastes et riches appartemens pour arriver jusqu'au sien, qui était décoré avec la plus grande magnificence : on eût dit avec raison qu'elle y était attendue. Le petit Amédée dormait paisiblement sous des draperies d'or et de soie, comme dans le hamac qui lui servit de premier berceau. Lydie, assise tristement, pensait à la Suisse, appelait Albert de ses vœux ; et pourquoi le taire ? elle se peignait aussi le chagrin d'Astolfe, lorsqu'on lui remit sa lettre. Lydie l'ouvrit lentement ; elle redoutait jusqu'à l'expression d'une peine qu'elle causait. Elle lut enfin :

« L'infortuné qui ne voulait sur la
» terre que vous consacrer sa vie, a
» reçu vos ordres et votre adieu; il
» obéit, il part, il emporte avec lui
» l'image de sa bienfaitrice; et c'est à
» vous, à cette âme inépuisable en
» générosité, que je dois un tel adou-
» cissement à mes maux !.... O Lydie
» à jamais révérée ! quand le sort
» aura lassé mon courage ou épuisé
» mon existence; quand mon cœur
» enfin aura cessé de sentir et de
» battre, peut-être entendrez-vous
» dire : Dans un lieu désert, sans
» ami, sans nom, un homme expira;
» le pied du passant foule maintenant
» la poussière qui le couvre; mais
» sur son sein glacé repose encore
» un gage de pitié, de souvenir !
» Ah ! dites alors, cet homme fut

» Astolfe ,... et ce souvenir a diminué
» son infortune.

» Je m'éloigne et n'attends pas l'hu-
» miliation qu'on me prépare. Don
» Gonzalès peut tenter de m'avilir ;
» il s'en croit le droit.... mais mon
» âme échappe à la sienne ; elle se
» forma près de Lydie , et ne veut
» être jugée que par elle !...

» Adieu donc , ô vous qui daignâtes
» m'élever au-dessus de mon mal-
» heur en me donnant le nom d'ami.
» Ce titre est trop beau pour ne
» point me rendre une noble énergie.
» Je veux le mériter, l'emporter avec
» moi dans le tombeau.... Oui, j'en
» fais le serment , la reconnaissance
» me rendra digne d'une bonté sans
» exemple. Lydie n'aura point à rou-

» gir de celui qu'elle tira du néant
» par sa généreuse affection , et le
» nom de sa bienfaitrice adorée sera
» le dernier élan du cœur d'Astolfe. »

— Il est parti ! s'écria Lydie ; et ,
malgré elle , tournant les yeux autour
de son vaste appartement, elle sentit
tout le vide de la solitude. Ce mouvement fut rapide comme l'éclair ;
car sa pensée était auprès du malheureux qui , sans prévoyance pour l'a-
venir , allait s'éloigner, et semblait,
par sa lettre , avoir refusé qu'elle ac-
quittât sa dette envers lui.

— Ah ! dit-elle , on aura offensé
sa délicatesse , sa fierté ! Pourquoi
ai-je chargé quelqu'un de remplir
un devoir qui n'appartenait qu'à moi
seule ? Ah ! je connais Astolfe ; je

n'aurais point trouvé d'orgueil dans son cœur; c'est une insulte qui l'y a fait naître....

Elle fit aussitôt appeler Henrico, le questionna, et apprit avec quel dédain Astolfe avait reçu ses propositions.

—Grand Dieu! (dit-elle après l'avoir entendu) ils vont lui demander un compte! à lui! qui a mis à mes pieds tout ce qu'il possédait, qui m'eût donné son sang, sa vie.... Ah! le généreux Aurélio ne m'avait pas comprise!....

Elle congédia Henrico dans l'intention de parler à son oncle, et pendant qu'elle allait réclamer la promesse qu'il lui avait faite, elle envoya Irma avec la plus grande diligence à son ancien hôtel, en lui recomman-

dant surtout de lui amener Astolfe
sans délai. Elle voulait réparer sa
faute envers lui; et puisqu'il fallait
qu'elle l'éloignât, Lydie voulait du
moins qu'il jouît de la fortune que lui
avait assurée son époux; que son existence fût heureuse par l'indépendance; et cette volonté tenait autant
au sentiment de la justice qu'à celui
de la reconnaissance.

Toutefois, son désir resta sans
effet. Irma revint en lui annonçant
qu'Astolfe était sorti de l'hôtel, et
qu'il avait prévenu qu'il n'y rentre-
rait pas.

Ainsi, plus d'espoir! la désolée
créole se reprocha en vain sa trop
aveugle confiance; elle conserva la
douloureuse pensée qu'Astolfe, fugi-
tif, misérable, languissait loin d'elle;

que peut-être il était allé chercher la
mort : son billet le lui faisait trop
pressentir ! De ce moment une tristesse continuelle couvrit les jours de
Lydie; elle se refusait à toutes les
distractions, à toute joie, même in-
nocente : un découragement qu'elle
n'avait pas connu dans la détresse
vint s'emparer d'elle au sein de l'opulence. Que de fois elle répétait : Je
l'ai appelé mon ami et je l'ai dépouillé
impitoyablement! Il est donc vrai
qu'il me doit tout son malheur !

Cette idée importune dans le
monde devenait tout-à-fait insupportable pour Lydie dans la solitude,
surtout après que les recherches
qu'elle fit faire du mulâtre se furent
trouvées inutiles.

Ainsi la destinée qui unissait Astolfe à Lydie par l'amour avait encore d'autres liens tissus par le regret et la pitié, qui devaient rendre Astolfe sans cesse présent et cher à Lydie; il semblait que le sort avait décidé qu'ils ne pouvaient jamais devenir étrangers l'un à l'autre !

CHAPITRE XIX.

Madame d'Outreville prête à re-
tomber dans l'inaction et dans l'oubli, par l'absence préméditée de sa
nièce, et qui cependant avait l'esprit
de soupçonner qu'elle ne pouvait se
soutenir dans le monde que par son
entourage, triompha lorsque don Aurélio se joignit à elle pour essayer de
retenir Lydie près de lui ; et son ancien
orgueil, qui n'avait été que contraint
et non étouffé, se réveilla lorsqu'elle se
vit par là dans l'intimité d'un person-

III.   2

nage tel que Gonzalès. En effet, elle
était reçue chez lui avec tous les
égards dus à son rang, à son âge, et
surtout à sa qualité de parente de Lydie : elle allait recouvrer de la manière la plus inopinée cette considération, ces honneurs dont, à son
grand regret, la Révolution l'avait
privée; c'était plus que la fortune
pour elle, et c'était presque le bonheur. Aussi se prépara-t-elle à soutenir
ce rôle important en donnant à ses
discours quelque chose de plus roide
et de plus tranchant qu'à l'ordinaire.

Lydie surtout fut l'objet de ses
perpétuelles exhortations, qui, toutes,
roulaient sur le grand usage du
monde, l'excellent ton des gens de
cour presque perdu, et dont elle la
trouvait absolument dénuée ; son

obligeance gracieuse devait, disait-
elle, être réservée pour ses inférieurs, et elle l'engageait surtout à se
défaire de cette simplicité de manières qui prouvaient trop qu'elle
était étrangère et qu'elle avait peu
fréquenté des personnes d'une certaine condition. Elle blâmait de
même les principes de madame d'Elmance; ses idées supérieures, son
exaltation pour le bien, enfin sa
douce et sage philosophie. — A quoi
tout cela sert-il? disait la baronne
d'Outreville; je n'en sais rien, mais
certainement cela est très-dangereux.

La pauvre Lydie subissait l'ennui
de pareils raisonnemens avec sa douceur habituelle, quoiqu'elle en fût
excédée. Ce n'était pas tout : la baronne ne tarissait pas sur les louanges

2*

qu'elle faisait de l'oncle maternel de
Lydie; c'était un homme respectable
dont la piété l'édifiait, avec lequel
elle serait trop heureuse de passer sa
vie, afin d'avoir sans cesse sous les
yeux un parfait modèle; et ce qu'elle
désirait pour sa jeune belle-sœur,
c'était qu'elle ne le quittât jamais.

Il n'est pas besoin de dire que madame d'Outreville avait été extrêmement scandalisée de la familiarité qui
régnait entre Astolfe et la comtesse
de Saint-Yves; et quoiqu'elle n'eût
point relevé l'imprudence avec laquelle Lydie l'avait fait passer pour
son frère, il s'en fallait de beaucoup
qu'elle l'eût oublié; aussi, lors de
son entrevue avec Aurélio, cette circonstance ne fut point omise. Elle en
fit le rapport avec cette demi mali-

gnité qui n'abandonne jamais une femme médiocre.

Don Aurélio, plus juste apprécia-teur du mérite, ne mettait point en doute les vertus de la charmante Ly-die et s'inquiétait peu des préceptes sententieux de la baronne ; néan-moins ils étaient d'accord sur les points principaux, qui étaient l'éloi-gnement du mulâtre et l'asile qui de-vait désormais recevoir Lydie. Lors-que celle-ci fut appelée, l'on a vu avec quelle candeur elle s'était fiée à leurs décisions et à leurs promesses.

Cependant tous deux furent trom-pés, lorsqu'au lieu de disposer à leur gré du sort d'Astolfe, celui-ci sut s'affranchir de leur autorité. L'as-tucieux Henrico lui-même, qui pen-sait le tenir par son propre intérêt et

le jugeait sur le commun des hommes, resta consterné lorsqu'il acquit
la certitude qu'il lui était échappé.
Toutes ses conjectures sur lui étaient
en défaut, il n'eut d'autres ressources
que de rechercher ses traces, et le
désir de Lydie lui servait en quelque
sorte de prétexte pour tenter de le
ramener près d'eux.

S'il eût reparu, don Gonzalès n'eût
point manqué alors de moyens pour
mettre les mers entre eux........ ou
pour le faire disparaître à jamais......
Le désintéressement d'Astolfe le
sauva, et la vengeance de don Aurélio fut encore une fois sans effet;
car après sa sortie de l'hôtel on
n'entendit plus parler du mulâtre.

Peu de jours après cet événement,
M. d'Elmance arriva comme il l'avait

annoncé ; et ce fut le dernier plaisir de la créole, puisque bientôt elle perdit l'espoir d'aller vivre avec ses amis.

Don Aurélio avait eu le temps d'apprécier le caractère de Lydie, ainsi que ses aimables qualités ; dès lors il avait conçu l'idée de l'obliger à rester près de lui ; non-seulement il voyait dans cet arrangement une satisfaction personnelle, mais il s'accordait encore avec ses vues pour l'avenir.

Déjà, en son absence, il avait été nommé cardinal. Emmanuel, un des jeunes missionnaires qui l'avaient suivi, l'avait remplacé dans son grade de supérieur-général du couvent des Dominicains ; on faisait tomber les honneurs et les grâces sur les créatures de don Aurélio, et l'on parlait à la cour de Lisbonne du dessein qu'avait le roi, de le nommer son premier ministre et de le rappeler incessamment en Portugal.

Ce bruit, qui flattait extrêmement l'ambition de Gonzalès, avait pour fondement la faveur où il était auprès du monarque, et les derniers malheurs qu'il avait éprouvés, dont ce dernier voulait, disait-on, le récompenser. Sa piété, son mérite, son expérience, tout le rendait recommandable et utile à son souverain. Déjà chargé par lui d'une mission délicate en diplomatie, Gonzalès s'attendait chaque jour à monter au premier emploi du royaume. Combien alors la société d'une parente, d'une femme telle que Lydie, lui deviendrait agréable et

Belle, sage, modeste, elle serait l'âme
de ce vaste palais où déjà il se voyait
placé !... elle en ferait les honneurs,
et ses vertus lui donneraient un lustre
nouveau !.... Elle seule avait le pouvoir d'effacer de son front la trace des
noirs souvenirs, de calmer les agita-
tions de son âme souffrante au milieu de la prospérité, et Gonzalès en
considérant ces motifs différens, ainsi
que l'existence compromise de Lydie,
résolut de faire son propre bonheur
en paraissant ne s'occuper que de
celui de sa nièce.

En conséquence, dans l'assemblée
de famille qui suivit l'arrivée de
M. d'Elmance, don Aurélio annonça
l'intention de transmettre tous ses
biens, qui étaient considérables, et
ses dignités, au fils du comte de Saint-

III.   5

Yves, d'adopter enfin le jeune Amédée, à la condition que Lydie con-
sentirait à l'élever près de lui et à y
vivre elle-même, soit en France, soit
en Portugal.

Il avait été prouvé qu'il ne restait
à la jeune créole, de son ancienne
fortune, que·le bien très-modique
racheté pour elle par M. d'Elmance,
lors de la révolution, et il était plus
qu'incertain qu'elle recouvrât jamais
ses possessions en Amérique; ainsi
les offres brillantes de don Aurélio
étaient les seules espérances de son
fils, lors même qu'elle se fût restreinte
pour elle-même à la faible ressource
qui lui avait été réservée.

Ce tableau de sa situation effraya
la mère d'Amédée, qui jamais n'avait
réfléchi sur ce sujet, et avait toujours

mis à ses intérêts l'insouciance d'une
très-jeune femme américaine. Elle
comprit tout-à-coup qu'il s'agissait du
sort à venir de son enfant ; que pour
lui, il lui fallait renoncer à ses vœux
les plus chers ; elle sentit enfin qu'on
l'arrachait à Louisa , au bonheur,
comme à l'infortuné qui peut-être
mourait loin d'elle : toutefois elle
n'en accusait que la nécessité , et si
son cœur trompé murmurait, elle ne
laissait entendre que des paroles de
reconnaissance.

Albert , aussi, allait donc rejoindre
seul l'amie qui l'appelait dans son
sein ! Cependant une seule idée arrê-
tait le sacrifice de Lydie : M. de Saint-
Yves avait souhaité qu'elle allât rejoindre sa sœur : indépendamment
de son propre désir , il lui eût été

3*

doux de remplir les dernières intentions de son époux, et ce fut la seule
objection qu'elle osa former, au moment où son sort allait se décider.

Don Aurélio leva ce pieux scrupule, en faisant un tableau vrai et
touchant de la position de sa nièce
et des circonstances présentes, dont
il fit valoir les avantages ; circonstances que M. de Saint-Yves ne pouvait
prévoir, disait-il, et qui devaient in-
fluencer une détermination que sans
doute il approuverait, si sa volonté
pouvait encore se manifester.

L'éloquence de Gonzalès, la vénération que lui portait Lydie, une faiblesse et une soumission naturelles,
surtout l'intérêt d'un fils adoré, la
déterminèrent à promettre ce qu'on
désirait d'elle. Hélas! ce ne fut pas

sans éprouver un vif chagrin , car
elle était encore à cet âge où l'on sent
à chaque instant le besoin d'une
amie, d'une mère, d'une femme enfin , confidente de ces pensées qu'un
autre sexe ne peut entendre.

Trop de respect entraîne la contrainte , et une vie composée de sacrifices et de réserve, fut la seule pers-
pective qui restât à la pauvre créole :
elle était loin de songer à contracter
d'autres liens que ceux qui s'étaient
brisés par la mort de son époux ; et
cependant la perte de sa liberté lui
parut une condition terrible ! mais
Lydie regarda son fils, et s'immola.

Albert lui-même applaudit à sa
conduite , quoique ses projets en
fussent contrariés ; chacun félicita la
comtesse d'avoir su mériter l'amitié du

respectable et puissant Aurélio; l'acte
authentique qui assurait à Lydie et à
son fils un sort brillant, fut commu-
niqué à sa famille, et la clause prin-
cipale y était expressément expli-
quée. Le jeune comte de Saint-Yves
devait ainsi relever un jour la splen-
deur de sa maison; chacun vit en lui
un riche héritier, qui ferait l'orgueil
de ses parens : on exalta les généreuses intentions de son oncle, et
Lydie, au milieu de la joie générale,
alla cacher ses pleurs.

C'est ainsi qu'une heure suffit souvent pour renverser les projets de
bien des jours !

CHAPITRE XX.

―――――

Le sacrifice était donc consommé !
Lydie resta près de son oncle ; elle
recouvra l'opulence qu'un sort contraire lui avait enlevée momentanément, et jouit dans l'hôtel qu'habitait Gonzalès, d'une considération
qui lui était due à plus d'un titre.

Albert repartit, emportant avec
ses regrets une profonde admiration
pour l'amie qu'il était forcé de quitter. En sa présence il louait sa résolu-

tion, il ne s'en affligea que lorsqu'il fut loin d'elle.

— Ange de bonté! dit-il en la quittant, puisses-tu trouver le prix de ton dévouement, de tes vertus, et à la fleur de tes ans n'avoir point perdu pour toujours le bonheur!

M. d'Elmance, retourné près de Louisa, lui fit connaître toutes les circonstances qui avaient déterminé le parti pris par sa sœur. Elle soupira profondément en l'écoutant, et n'abandonna qu'avec peine l'espérance qu'elle avait cru prête à se réaliser. Néanmoins elle n'avait aucun doute sur la moralité de don Aurélio, et croyait Lydie à la source des bons exemples comme des vertus : bien qu'elle ne redoutât rien pour sa jeunesse, elle sentait cependant qu'il

manquerait quelque chose au charme
de sa vie, et cette conviction l'at-
trista, même en oubliant ses propres
désirs et les projets si doux qu'elle
avait formés.

Une correspondance suivie consola les deux amies d'une séparation
imposée par la nécessité, et un long
espace de temps s'écoula sans appor-
ter de changement à leur situation
réciproque.

Madame d'Elmance restait en Suisse, des liens de famille l'y retenaient;
elle rendait des soins au père d'un
époux adoré, qui ne pouvait plus se
passer d'elle ; et consacrant ses jours
au bonheur de ceux dont elle était
entourée, s'occupant de quelques
études qui faisaient ses plaisirs après
avoir servi à sa consolation, elle

goûtait enfin le repos et la paix qu'elle avait si cruellement achetés.

Ah ! il s'en fallait que Lydie connût un sort si doux! la contrainte ne tarda pas à se faire sentir à elle, et à corrompre les jouissances qu'elle avait retrouvées. Tout était calculé, et méthodique dans les habitudes de don Gonzalès ; la même heure ramenait constamment le même emploi du temps ; grave, silencieux, il semblait glacer son atmosphère et imprimer aux êtres qui vivaient près de lui cette froide mélancolie dont il était accablé. Ainsi ses serviteurs, comme autant de machines, suivaient le mouvememt donné par leur maître, et leur attitude morne et insignifiante était la triste copie du modèle qu'ils avaient sous les yeux. Les personnes

étrangères qui fréquentaient le favori
du prince de Portugal suivaient cette
impulsion causée par son ton et ses
manières. Ainsi, soit complaisance,
crainte ou flatterie, chacun prenait en
sa présence un caractère uniforme, et
la gaîté, l'abandon, la confiance étaient
bannis du séjour qu'habitait la plus
tendre et la plus sensible des femmes.

C'est alors que retirée dans le fond
de son appartement, pressant plus
fortement sur son cœur cet enfant
pour lequel elle chérissait encore la
vie, la veuve de M. de Saint-Yves
sentit tout le feu de son cœur se porter vers le Dieu qui console. La re-
ligion devint son secours, son appui.
Elle commençait à connaître la rési-
gnation, cette vertu difficile que
donnent les longues épreuves ; et si

Lydie versait encore des larmes, une
prière fervente venait les tarir........
Elle pratiquait avec scrupule les devoirs religieux qu'elle avait appris à
aimer, et ses jours, passés dans l'innocence, lui laissaient du moins cette
douceur intime qui semblerait n'être
due qu'au bonheur.

Don Gonzalès chérissait sa nièce
autant que son caractère était susceptible d'éprouver une tendre affection; mais aucune expression caress-
sante ne venait porter cette assurance
au cœur de Lydie. Si le regard d'Aurélio s'adoucissait, elle se trouvait
payée d'une prévenance ou elle ne
sentait plus toute l'amertume d'un
conseil sévère. Soumise et respectueuse, la jeune créole songeait aux
vertus de son oncle, aux droits qu'il

avait acquis à sa reconnaissance, et n'osait rien désirer que ce qu'il daignait lui accorder. Une estime raisonnée avait succédé au fanatisme qui lui avait été inspiré dès son jeune âge pour cet homme dont elle n'avait osé long-temps mesurer le mérite, et cependant cette jeune femme, si prévenue en faveur d'Aurélio, ne trouvait dans son âme que du respect pour lui. Elle s'en accusait intérieurement et croyait avec ingénuité que cette âme aimante était épuisée par le malheur et ne pouvait plus rien sentir avec exaltation.

Telle était la position respective de deux êtres qui jamais n'auraient dû s'unir et ne pouvaient s'entendre. Il n'y a rien de si ordinaire dans le monde que ces sortes d'assemblages où la faiblesse est dominée par des dehors imposans. L'un possède les qualités parfaites et se laisse subjuguer ; l'autre récèle ses vices et usurpe le respect : le méchant juge et condamne, et la vertu tremble.... La société alors accorde sa considération à celui dont le rôle est le plus brillant, jusqu'à ce que le temps ait fait justice de ces divers mérites ; et souvent ce n'est qu'au dernier jour du méchant que sa place dans l'opinion est assignée sans retour.

Lydie éprouva, dans le temps de son séjour à Paris, une consolation puissante ; et le retour de M. de Valmire en France, obtenu par don Gonzalès, lui causa une joie dont elle avait à peine osé se flatter, quoiqu'en la préparant de tout son pouvoir. Ses prières réitérées avaient intéressé son oncle au sort de cet homme, qui, frappé par une loi cruelle, végétait sur une terre étrangère, et ses protections avaient rendu facile ce qui alors était regardé comme une grâce signalée.

Les émigrés étaient encore frappés de proscription, et ceux des Français qui avaient été déportés se trouvaient sous le poids d'un arrêt plus terrible encore. L'espèce de pouvoir occulte qu'exerçait don Aurélio, aplanit les difficultés, et le chevalier de Valmire apprit dans son exil qu'il était libre de revoir sa mère, ses foyers domes- tiques et l'amie qui lui rendait tant de biens. Il était loin d'avoir ou- blié la femme charmante qui avait fait une si grande impression sur son

cœur. Lui devoir ce retour au bonheur, la vue de sa patrie, exaltaient
son amour en même-temps que sa
reconnaissance : il vola vers les lieux
où il était si ardemment attendu.
Bientôt il échappa à sa famille, à ses
amis, pour venir porter ses transports
aux pieds de Lydie ; et Gonzalès accablé des remerciemens du chevalier
de Valmire, sentit la volupté d'un
ambitieux, c'est-à-dire le plaisir d'avoir
rendu un de ses semblables tributaire
envers lui.

La douceur qui suit une bonne
action ne pouvait plus pénétrer le
cœur d'Aurélio, car celui qui s'est
habitué à calculer froidement ses
pensées et sa conduite, perd une des
plus fortes jouissances de la vie, l'a-

bandon de l'âme et ses élans inat-
tendus qui en marquent si bien les
mouvemens !

Ah ! que cette sensibilité impru-
dente est cependant précieuse, et
qu'un homme devient malheureux lors
qu'il a obtenu de lui-même l'art de
ne sentir que ce qu'il peut montrer
aux yeux des autres....

Cette circonstance fit diversion aux
ennuis de Lydie. La famille du chevalier, dans laquelle elle était aussi
estimée que chérie, conçut de grandes
espérances, en voyant la réunion de
deux personnes égales en naissance ,
libres, jeunes, toutes deux d'un mérite
distingué, qui laissaient entrevoir la
possibilité d'une alliance convenable,
et l'idée du bonheur qui pouvait la
suivre.

III.   4

Les empressemens de la marquise de
Valmire, surtout, redoublèrent pour
la jeune créole après le retour de son
fils; et Lydie, qui n'y vit qu'un nouveau témoignage d'amitié, aussi flatteur que désintéressé, se livra à la joie
douce et pure d'être aimée.

Le chevalier la voyait chaque jour,
et chaque jour il savait prolonger les
instans qui lui étaient accordés par
elle; son amour croissant avec l'espérance, il ne songeait plus qu'à consacrer sa vie à cette amie qu'il trouvait incomparable, et songeait moins
à lui plaire qu'à lui prouver cet attachement auquel il croyait qu'un cœur
sensible ne résiste point.

Ah! le chevalier de Valmire ne sa-
vait-il donc pas que l'amour ne se
fonde pas toujours sur l'estime, sur

la gratitude, sur ce que l'on nomme
convenance, rapports, réflexions, et
même aveu du cœur et de la raison ;
ce sentiment terrible, effet du caprice, s'inspire en dépit de toute
considération ; il se nourrit d'incon-
séquence et règne aux dépens de
l'âme qu'il soumet. On compare, on
s'accuse, on se blâme, et l'on adore
pourtant l'objet qui, aux yeux de
l'univers, paraît avoir moins de droit
à nous attacher. L'amour, vraie maladie de l'âme, s'empare de notre être
moral ; il gouverne nos sens, notre
imagination ; et s'il ne nous rend injuste, du moins il nous laisse indiffé-
rent sur un mérite qui n'appartient
pas à l'objet aimé. O qu'alors tout
paraît froid hors de lui ! comme on

4*

se replie dans une seule idée , absor-
bante et délicieuse à la fois! combien l'on aime à rêver les déserts et
l'indépendance! On peut bien encore chérir la vertu , lui sacrifier
tout..... hors cette pensée de chaque
instant , ce sentiment inhérent à la
vie......

Si une étincelle de ce feu pénétrant
avait pu arriver jusqu'au cœur de
Lydie , elle eût comblé les vœux du
chevalier de Valmire ; mais , outre
qu'elle ne ressentait pour lui qu'une
simple amitié, il ne lui semblait point
que son cœur fût assez dégagé de regrets et de souvenirs , pour accepter
celui d'un autre ; d'ailleurs , en re-
nonçant à une existence selon son
goût, Lydie avait fait à son fils l'entier

abandon de sa liberté, et ne se croyait plus maîtresse de discuter sur son sort à venir.

Cependant la passion du chevalier, toute respectueuse qu'elle se montrât, n'était un secret pour aucune des per. sonnes qui voyaient la nièce de don Gonzalès, et celle-ci souffrait d'autant plus de n'y pouvoir répondre, non qu'elle en appréciât toute la force, puisqu'on ne sent parfaitement que ce que l'on partage, mais parce que sa bonté la rendait sensible à la peine qu'elle causait, et qu'elle eût voulu adoucir tous ses refus et les couvrir d'attachement, de reconnaissance, de confiance et d'estime; enfin elle pouvait tout accorder à l'aimable chevalier, hors le don d'elle-même, et Lydie appréhendait le moment où elle serait forcée d'exprimer cette disposition.

Il est des êtres qui se flattent aisément et se persuadent tout ce qu'ils désirent ; ils ne savent qu'à moitié lire dans un regard, dans une expression rapide, qui peut décéler tant de choses ! M. de Valmire, abusé par son penchant, peut-être un peu par son amour-propre, ne formait pas de doute sur son bonheur ; il le croyait d'autant plus sûr, qu'il ne voyait point de rivaux lui disputer Lydie, et ne manquait pas d'attribuer à sa modestie naturelle l'espèce de froideur qui avait suivi la connaissance de ses prétentions. Ses yeux voilés de tristesse lui disaient seulement qu'elle avait besoin des plaisirs d'une douce intimité. Son sein oppressé.

qui semblait appeler l'amour, ne lui
laissait pas même l'idée qu'il pût contenir des douleurs secrètes, et se
croyant destiné à faire désormais la
félicité de Lydie, tout entier à ce
qu'il éprouvait près d'elle, il ne s'inquiétait point de ses propres sensations.

M. de Valmire faisait partie de ces
hommes personnels dans leurs affections, quoique tendres, auxquels il ne
manque qu'une nuance de délicatesse
pour rendre leur sentiment parfait,
mais aussi qui ne l'acquièrent pas
plus qu'ils ne la comprennent.

Lydie sentait tout cela, et presque
malgré elle son souvenir lui rendait
présent l'amour dévoué d'Astolfe.

—Lui ! disait-elle, il n'espérait rien,
il n'aspirait ni à intéresser ni à plaire.

Astolfe ne savait qu'aimer. Sa bouche était muette ; il s'oubliait lui-même: pénétré, accablé de son-sort, il souffrait en silence, et jamais le sourire du bonheur ne vint se répandre sur ses lèvres ni réjouir son cœur.... Ah! quelle âme sut chérir comme la sienne! et si sa condition dans ce monde l'eût rapproché de moi..... si j'eusse été comme aujourd'hui dans la situation de rejeter tant d'amour..... qu'il m'en eût coûté d'affliger cette âme..... hélas! unique, peut-être !

Cette comparaison involontaire entre les deux hommes qui dans un rang si opposé avaient pourtant voué à Lydie leur existence, revenait souvent à l'esprit de la jeune créole. Quelquefois elle écoutait le chevalier exprimer avec autant de pureté que de grâces les impressions qu'il recevait de ses charmes ; elle le revoyait gai et riant après quelques jours d'absence ; son esprit libre et agréable jouissait de toutes ses facultés ; et lorsqu'elle était mélancolique, le chevalier cherchait à l'égayer par quelques contes légers et piquans.

Ah ! pensait alors Lydie, Astolfe n'eût point voulu me distraire ; il eût pleuré avec moi ! et cette idée s'emparant profondément de son cœur, elle n'écoutait M. de Valmire qu'avec distraction et ne lui répondait que par complaisance.

Cependant on commençait à parler ouvertement d'une alliance entre les deux familles, lorsque Lydie ne se trouvait pas présente, et don Gonzalès, par l'accueil qu'il faisait au chevalier

III.   5

valier, semblait n'y mettre aucune
opposition ; mais il avait pénétré
l'indifférence de sa nièce pour l'ancien exilé : peut-être avait-il été plus
loin dans l'âme de Lydie qu'elle ne
l'avait osé elle-même, et il avait jugé
que l'amour du chevalier ne changerait
rien à ses calculs, et ne lui enleverait
point les plaisirs qu'il goûtait déjà
dans la société de la douce Américaine : fixée près de lui par un sentiment d'exaltation tout maternel, il
la regardait pour jamais en son pouvoir, et don Aurélio, habile dans l'art
de pénétrer le cœur humain, laissa
carrière à des assiduités dont il prévoyait l'issue telle qu'il la souhaitait.

A cette époque on parlait mystérieusement, à l'hôtel, du rappel de
Gonzalès à Lisbonne, du triomphe et

des honneurs qui l'y attendaient,
d'un traité secret entre le monarque
dont il possédait la confiance et le
gouvernement français, par lequel
celui-ci aurait cédé la possession
d'une île dans les Indes Occidentales,
favorable au commerce des Portugais
dans cette partie de l'Amérique. Tous
ces détails transpiraient du cabinet
de l'adroit diplomate et se répétaient,
quoiqu'en secret, parmi les gens at-
tachés à sa personne.

Don Aurélio restait toujours im-
pénétrable et froid, tandis que Lydie, soumise et résignée, se prépa-
rait d'avance au départ. Que lui im-
portaient les lieux où désormais elle
allait vivre? n'avait-elle pas son fils?
dans l'univers n'était-il pas tout pour
elle!..... Si elle jetait un regard en

5*

arrière avant de quitter la France,
c'est qu'elle y laissait des amis, c'est
qu'un infortuné y respirait peut-être
encore... ou que peut-être, comme
il l'avait dit, hélas! son cœur glacé
reposait sur cette terre étrangère
pour tous deux!....

CHAPITRE XXI.

Il est des circonstances dans la vie où l'excès de la souffrance est un adoucissement pour la souffrance même ; on se plaît, dans ces momens affreux, à sentir tout le poids de son infortune, à en être accablé, et l'on repousserait la main secourable qui daignerait soulever une partie de ce fardeau.

C'est ainsi que le malheureux mulâtre, fuyant les lieux où il ne devait plus retrouver l'objet de ses adora-

tions, se concentrait dans sa douleur,
et que, cherchant la solitude, il aimait à se pénétrer davantage des souvenirs qu'il emportait avec lui : en
exhalant ses plaintes, il lui semblait
que son cœur allait se briser, et que
les accens de sa voix sanglotante se-
raient désormais son seul langage. —
Je ne la verrai plus! s'écriait-il, je
ne la verrai plus! et il roulait ses mem-
bres sur la poussière en répétant ces
douloureux gémissemens.

Plusieurs heures s'étaient passées
pendant lesquelles Astolfe s'éloignant
de Paris et marchant toujours au hasard, était arrivé dans une petite ville
à quelque distance de la capitale,
exténué de fatigue, bravant la faim
pour amasser sur lui toute sorte de
tourmens. La nuit le surprit; il la

passa étendu sur la terre , appelant la
mort à grands cris comme le seul remède à ses maux.

Cette nuit était une des premières
du printemps ; la nature, sortant
d'un long sommeil , se parait comme
pour une nouvelle fête , et revêtissait
cette robe dont les couleurs douces et
à peine nuancées donnent à la terre
une uniformité ravissante. Le feuil-
lage, d'un vert tendre, apparaît aux
yeux enchantés des humains ; le
chant moelleux du rossignol se fait
entendre au fond des bocages ; et ,
précurseur fidèle des beaux jours, il
revient dans les mêmes temps, et,
soit qu'il retrouve sur la même terre
le bonheur ou la désolation , il chante
également pour charmer la douleur
de l'homme ou augmenter ses plai-

sirs. Ces sons harmonieux arrivèrent
jusqu'à Astolfe au moment où le soleil naissant parut à ses yeux noyés
de larmes ; mais ces sons ne pouvaient
plus émouvoir son cœur, et la vue de
l'astre éclatant si cher aux enfans
d'Amérique, le laissa insensible et
muet. Il se souleva péniblement, regarda l'Orient, et retomba sur le ga-
zon humide de rosée sur lequel il était
resté étendu depuis la veille.

Un vieillard, habitant de cette
contrée, sortit au point du jour ; il
vit ce jeune homme sur le seuil de
sa porte ; ses vêtemens mouillés, son
attitude et sa pâleur lui dirent que
c'était un infortuné que ses soins
pouvaient consoler. Il les lui offrit ;
Astolfe ne l'entendit pas, la faiblesse
avait anéanti ses facultés : il n'y avait

plus ni ressort ni vie dans son âme.
Le vieillard le fit transporter dans sa
demeure ; et c'est alors qu'une tem-
pérature bienfaisante, que des secours salutaires, rendirent au malheureux Astolfe le sentiment et la
raison qui l'avaient abandonné quelques instans ; il vit à ses côtés le vieillard attendri lui prodiguer des marques d'intérêt, et, dans un élan de
désespoir et de reconnaissance, il lui
dit :

— Quoi ! vous me traitez comme
un de vos semblables ! et, loin de
m'outrager, vous voulez me rendre
la vie ! Quel homme êtes-vous donc ?
et ne suis-je plus sur une terre d'oppression et d'amertume !.......

Le vieillard ne lui répondit que par
ces mots :

N'est-il pas bien simple que les en-
fans du même père se traitent en frères
entre eux ! mais son accent était grave
et solennel, il semblait être l'inter-
prète d'un oracle divin , et son regard
animé se portait en même temps sur
l'image d'un homme, seul tableau qui
décorât sa demeure.... On eût dit , à
l'air de dévouement qui régnait dans
toute la personne du vieillard , qu'il
croyait s'acquitter d'un devoir ; et ses
actions, d'accord avec ses paroles ,
respiraient l'amour de ses semblables
et la tendre humanité. Ces deux sentimens , dont l'expression était ré-
pandue sur son visage, y tempéraient
la gravité de l'âge , en effaçaient les
rides profondes , et attiraient la confiance, amie de l'indulgente pitié.

C'était à Montmorency , dans la

maison de Jean-Jacques, que le hasard
avait conduit Astolfe. Le vieillard qui
en était alors possesseur, avait été un
de ses plus zélés prosélytes et avait
voulu finir sa vie dans l'habitation
d'un homme juste. L'ami de la nature
et de la vérité était en vénération
dans cette demeure, et son nom y
était prononcé avec cet attendrisse-
ment, ce respect qui suivent toujours un souvenir honoré.

Astolfe connut bientôt en quel
lieu la Providence avait dirigé ses
pas, et les discours de celui à qui il
devait une hospitalité si généreuse,
rendirent du courage à son âme
abattue. Là, près de lui, il ne sentait plus l'insulte, l'humiliation, la
protection quelquefois plus cruelle
encore ; il se sentait rétabli dans toute

sa dignité d'homme, et le découragement qui s'était emparé de son cœur s'évanouit peu à peu. Ce cœur déchiré s'ouvrit à la confiance ; elle fut le prix du bien qui lui avait été fait. Astolfe, sans toutefois nommer la famille d eSaint-Yves, fit connaître au vieillard les peines de sa vie et le sentiment profond et malheureux qui allait en terminer le cours; car il se sentait mourir depuis que l'ange qu'il adorait ne le soutenait plus de sa présence.

—Ah ! disait-il au vieillard, son image brûle et dévore mon sein ; depuis que je l'ai vue, j'ai là une douleur interne fixe qui semble me dire que mon âme est toute dans cet espace. J'ai toujours souffert près d'elle; mais il y avait du charme dans ma

douleur quand sa douce voix se faisait entendre , quand sa main pressait
la mienne..... car je vous l'ai dit.....
elle m e traitait souvent comme un
ami ; à présent , je suis seul sur la
terre !!.....

—Seul ! répéta le vieillard d'un air
attendri.

Astolfe n'ajouta rien ; mais il se
jeta dans ses bras , y resta quelque
temps, et cette étreinte était pour la
reconnaissance. Hélas ! l'infortuné
n'avait plus en lui de quoi exprimer
le bonheur.....

Cependant, les secours du vieillard ne se bornèrent pas à rendre
l'existence au pauvre mulâtre, il
chercha à rappeler quelque énergie
dans son cœur et à flatter sa passion ,
pour s'en rendre maître ensuite.

— Si celle que vous aimez vous donna le titre d'ami, lui disait-il, il faut l'honorer par une conduite digne d'elle. Vivez, vivez, Astolfe, dans son souvenir ; que des actions nobles et généreuses occupent maintenant votre vie ; qu'elles prouvent aux hommes qu'il n'est point de différence entre eux quand la vertu les anime. Faites taire le préjugé aussi injuste que cruel, qui refuse aux hommes de votre race cette perfection mise par le Créateur à la portée de tout être sorti de ses mains ; prouvez au monde que les dons de l'Éternel sont également répartis, et qu'il laisse tomber sans distinction et sans choix, dans l'âme de tous ses enfans, une étincelle de ce feu sacré émané de son intelligence suprême. Astolfe, continua-t-il, vous êtes à la fleur de l'âge; recouvrez cette vigueur morale sans laquelle on ne fait que se traîner péniblement du berceau jusqu'à la tombe. Que la société reconnaisse son erreur, et qu'enfin la femme qui tient vos facultés enchaînées, se glorifie en apprenant un jour que l'homme qui l'aima était digne de son âme.....

Ces discours, répétés et soutenus de tout ce que le cœur peut offrir de consolant, firent parvenir au malheureux mulâtre de nouvelles idées. Quelque chose de grand, d'élevé, s'emparait peu à peu de son imagination; il sentait déjà la possibilité de répondre aux conseils du vieillard, et c'était beaucoup pour son esprit affaissé. Il aimait à l'écouter, à l'entendre , et recueillait ses paroles comme un enfant docile qui ne demande que de la douceur et de la persuasion pour tarir ses larmes.

Un jour son hôte le mena dans un petit pavillon attenant à sa demeure ; là , il y avait une table , un siége déjà vieux et recouvert d'une ancienne poussière ; il semblait que ce lieu fût consacré par des souvenirs et que personne cependant n'osât l'habiter. Le jeune homme et son guide restèrent quelques instants dans cet asile ; tous deux gardaient le silence : ce fut le vieillard qui le rompit le premier.

—C'est ici , dit-il en sortant de sa rêverie , que vécut un homme malheureux aussi. Il aimait ses semblables , il rêvait leur bonheur ; son âme sensible et méconnue vint se reposer ici des injustices, de la haine, trop souvent compagnes d'un mérite supérieur. Jean-Jacques vécut, pensa dans ces lieux mêmes ; il approcha, par la méditation, des plus sublimes vérités, et les mit à la portée des hommes avec une éloquence inimitable. Son langage peignit la vertu dont son cœur sentit tout le charme ; des traits de feu partirent de sa plume et devaient embraser l'univers. Ah ! si les siècles étaient sans passion, jamais les autels de ce grand homme n'eussent été renversés ! C'est dans ce modeste asile que de longues années le virent oublié, presque misérable, et que l'exil et la persécution devaient encore le sortir de son humble obscurité ! O honte ! ô douleur

III. 6

pour l'humanité! Le Tasse mendia son pain en Italie, et Jean-Jacques gagna péniblement le sien en France! Ah! puissent mes regrets venger sa mémoire! puissent les larmes de deux êtres, amis de la nature et de la vertu, consoler l'ombre immortelle et sacrée qui vient sans doute errer en ces lieux.....

Le vieillard se sentit suffoquer en disant ces mots; tandis qu'Astolfe, entraîné par l'accent énergique avec lequel ils avaient été prononcés, se laissa tomber à genoux, et rendit ainsi hommage à l'homme immortel par son génie, qui avait si puissamment plaidé dans ses ouvrages la cause de l'humanité, celle de tous ceux qui souffrent par une injuste oppression, et la sienne, par conséquent.

Ces nouvelles idées achevèrent de
dissiper les impressions douloureuses
qui tenaient surtout dans Astolfe à
une certaine honte de lui-même ; il
crut à cette égalité consolante qui ra-
mène les hommes sans distinction au
tribunal de Dieu, et un but si noble
éleva son esprit et son âme. Astolfe
se crut régénéré par l'opinion d'un
seul, et prêt à mépriser celle de la
multitude. Le vieillard, qui avait su
amener en lui cette disposition, en
profita pour fixer désormais son sort.
Ils examinèrent ensemble les diverses
chances qu'offre la vie dans un état
civilisé ; comment un étranger pouvait espérer de s'y rendre utile et d'y
vivre par un travail honorable. La
carrière militaire leur parut à tous
deux remplir les conditions qu'ils

désiraient, et Astolfe brûla dès ce moment du désir d'y entrer.

Le vénérable solitaire, quoiqu'il eût choisi le lieu de sa tombe et un asile pour sa vieillesse, avait conservé quelques relations avec la société. Il se souvint qu'elles pouvaient lui être utiles lorsqu'il eut à servir l'infortune. Il quitta donc pour quelques jours sa retraite chérie, visita ses compatriotes, dont il n'était point oublié tout à fait parce qu'il était modeste et bon. Plusieurs étaient au faîte des honneurs et même de la puissance. Une étonnante révolution les avait soulevés au milieu des orages et portés aux premiers emplois de l'Etat : il fut facile au nouvel ami d'Astolfe d'obtenir ce qu'il souhaitait.

La guerre, à cette époque, avait

fait lever la France entière ; on avait
ouvert les rangs de l'armée pour y
recevoir tous ceux que la gloire et la
valeur poussaient à la défense de
l'Etat, et le nombre en était grand !
C'est dans cette digne cohorte que le
jeune protégé du vieillard fut reçu
avec le titre d'officier. Le brevet lui
en fut délivré, son équipement fait
par les soins de l'homme qui n'obli-
geait pas à demi, et Astolfe apprit à
son retour le bonheur qui lui était
offert, et quelle espérance s'ouvrait
devant lui.

S'illustrer au milieu des braves qui
combattaient pour leur pays, s'exposer à la mort d'une manière utile
et glorieuse, et même la trouver!
était autant d'idées séduisantes pour
le cœur du malheureux Astolfe qu'une

passion terrible dévorait, et dont il savait ne jamais guérir.

Il est impossible de dire quel fut le plus charmé d'Astolfe ou de son protecteur, en cette circonstance, tant le bien qu'on procure aux autres laisse dans l'âme de joie et de douceur! Le mulâtre s'éloigna consolé et presque heureux de cette demeure où il avait été recueilli souffrant et dans le plus violent désespoir. Le vieillard reçut ses embrassemens ainsi que les expressions de sa reconnaissance; ses yeux se mouillèrent de quelques larmes. Puis il les tourna sur l'image de son héros; et lorsqu'il vit sortir le jeune homme de sa demeure, qu'il remarqua son attitude guerrière, le feu de ses regards, l'air attendri avec lequel il contemplait son humble asile en le quittant, le vieillard se rassit tranquillement, et dit avec simplicité : Je suis heureux ! j'ai sauvé un homme de l'ignominie de la mort !.... je puis maintenant quitter la vie !.....

CHAPITRE XXII.

L'existence primitive d'Astolfe, les épreuves dont elle avait été semée, et son organisation morale et physique, devaient servir à le faire distinguer dans la carrière qu'il avait embrassée ; il ne fallait que du dévouement, de l'audace, et jamais personne ne possédait plus qu'Astolfe l'indifférence pour la vie, et cet élan qui fait entreprendre de belles actions ; aussi fut-il par sa conduite et par son courage un des hommes les plus remarquables de ce temps où beaucoup s'illustrèrent.

Bravant le danger, obéissant avec zèle, donnant l'exemple de la subordination à ceux qu'il était appelé à commander, aimé de ses compagnons d'armes, considéré de ses supérieurs, Astolfe parut un héros aux yeux de l'armée, étonnée cent fois de son exaltation guerrière; lui seul connaissait le principe de ce courage que chacun admirait, et Astolfe trouva les honneurs, l'illustration, lorsqu'il n'avait cherché qu'à mourir digne de la femme de son cœur....

Au milieu des combats et des dangers il avait appelé à lui l'image de Lydie, pour qu'elle devînt sa dernière pensée; son nom idolâtré avait reposé sur ses lèvres à chaque action

III.

périlleuse où il espérait trouver la fin
de cette vie, hélas! si longue pour
la douleur, malgré sa courte durée
apparente!.... Le portrait qui lui
avait été donné par elle, était constamment fixé sur son sein, il servait
à en comprimer les battemens, autant qu'à les faire naître, et Astolfe,
comme un malade abandonné de la
nature et des hommes, ne cherchait
plus de remède pour un mal dont il
ne pouvait plus s'affranchir.

Que de fois pourtant il se livrait à
la douce idée de revoir Lydie; de la
revoir seulement une fois, un instant!.... Un autre eût désiré se montrer à elle dans la situation honorable
et presque brillante où les bienfaits
d'un ami et sa valeur l'avaient mis:
pour Astolfe, il ne sentait qu'à piene

cette espèce de jouissance, et ses plaisirs étaient tout entiers dans l'objet aimé.... Loin de lui ces calculs misérables de la société, qui font des succès d'amour-propre la base du bonheur, et du sentiment d'égoïsme un accessoire de l'amour. Le mulâtre, depuis qu'il avait vu Lydie, ne vivait plus qu'en elle; et tous les triomphes du monde ne valaient pas pour son cœur un regard tendre, un doux sourire de celle que pourtant il n'osait appeler son amie....

Les périls sans cesse renaissans dans ces temps de troubles étaient un motif d'avancement pour celui qui savait ne les point craindre et que le sort favorisait assez pour les braver impunément; Astolfe fut du petit

7*

nombre de ceux que le fer et le feu respectèrent ; aucun trait ennemi n'arriva jusqu'à lui, et la foudre qu'il défiait, allait briser le malheureux tremblant à ses côtés. Il n'est donc pas étonnant qu'il parvînt, après quelques actions d'éclat, au rang de colonel : ce grade lui fut donné par le général en chef de l'armée française, avec toutes les marques d'estime et de distinction qui pouvaient ajouter à son prix ; ses compagnons d'armes l'en félicitèrent avec cordialité, parce qu'un sentiment de justice sait presque toujours faire taire l'envie ; et ses inférieurs, qui avaient su apprécier son indulgence et sa générosité, se réjouirent de l'avoir pour chef, quoiqu'il fût exact dans tout ce qui tenait à la discipline militaire ; mais là comme ailleurs , l'équité amène la soumission.

Astolfe se trouvait alors avec son régiment dans une ville de l'Allemagne , où l'ordre arriva bientôt de se replier vers la France. La victoire avait enfin amené une trève et préparé une paix , dont on discutait alors les conditions : ce bruit fut accueilli avec transport , et peu après l'armée française repassant le Rhin , donna la certitude d'un événement toujours heureux , et toujours désiré des peuples , quelque parti qu'ils embrassent ou qu'ils servent.

Les militaires vainqueurs revirent leurs foyers qu'ils avaient si vaillamment défendus ; et Astolfe vit arriver l'instant où il pourrait aller à Mont-

morency revoir le généreux bienfaiteur dont sa mémoire gardait un si
profond souvenir, et le serrer sur son
cœur reconnaissant.

Il n'en avait point eu de nouvelles
depuis son séjour en Allemagne, et
ce silence lui causait de vives inquiétudes. Rien non plus ne lui était parvenu de Lydie... Etait-elle encore à
Paris auprès d'Aurélio? un lien nouveau ne lui avait-il pas enlevé son
premier nom? existait-elle heureuse?
l'avait-elle oublié?..... A cette idée,
le mulâtre frémissait... et son impatience de connaître la vérité était extrême.

L'ordre du licenciement des trou-
pes n'arrivait point encore, et le colonel ne sollicitait point de congé; à
la veille d'une mesure générale qui

allait lui rendre sa liberté, il remplissait son devoir jusqu'à la fin, et sé-
journa pendant quelque temps à Bordeaux, une des plus grandes villes du
Midi de la France.

Là, comme partout, on fit des réjouissances publiques à l'occasion de
la paix; une illumination générale
effaça les ténèbres de la nuit et pro-
longea les plaisirs. Toutes les classes
de la société se réunirent entre elles;
et un bal, composé de tout ce que la
ville et les environs contenaient de
personnes de distinction, fut donné
pour compléter une fête dont le motif ne trouvait ni indifférens ni en-
vieux. La joie, dans ces circonstances, est aussi communicative que
sincère; les habitans de la même
contrée, jusques-là étrangers l'un à

l'autre, se voyent d'un œil de bienveillance, d'union; cette fraternité
d'un moment, qui efface la froide
personnalité, a quelque chose de touchant, d'inexprimable pour l'homme
sensible qui sait observer. Quelquefois même on a vu la haine expirer
sous le doux poids d'une même allé-
gresse, et deux amis divisés se tendre
la main par un mouvement spontané
qui partait à la fois d'une commune
et délicieuse impression! O douce
paix! bienfait du ciel! que ne peux-
tu régner constamment sur la terre
pour le bonheur de tes enfans, et
réaliser le rêve de quelques êtres vertueux et sages !.... N'y aura-t-il donc
dans ce monde que le privilége et le
pouvoir du mal !!........

Le colonel et son état-major, com-

posé presque tout de jeunes officiers
comme lui , furent invités à ce bal
avec une espèce de solennité , qui
prouvait bien qu'en chérissant le
calme domestique, on sait rendre honneur à ceux à qui il est dû. L'engagement fut accepté avec empressement,
et Astolfe, quoique ennemi de ces
sortes de réunions, n'eut pas même
la volonté de s'en dispenser, tant il
en trouvait le motif respectable ;
il fit donc effort sur sa mélancolie
pour porter un visage heureux au milieu de cette foule joyeuse ; car, par
une fatalité singulière , jamais Astolfe n'avait senti son cœur aussi oppressé, depuis sa sortie de France,
que ce jour-là. Il tenait encore le
portrait de Lydie , que dans le mystère de la solitude il osait couvrir de

ses baisers, lorsque la troupe bruyante
des jeunes militaires se fit entendre à
sa porte. Ils venaient chercher leur
colonel et l'arracher à une tristesse
qu'ils avaient souvent remarquée en
lui. Astolfe se hâta de cacher son trésor, et suivit au bal ses jeunes amis,
qui voulant se réserver l'honneur de
présenter la main aux dames, avaient
devancé l'heure indiquée. Il n'y avait
donc encore que des jeunes gens dans
le lieu de la fête, et Astolfe se faisait
remarquer au milieu d'eux, autant
par sa couleur que par sa haute sta-
ture. Le riche habillement qu'il portait dessinait parfaitement les propor-
tions de sa taille, qui était d'une
beauté admirable. La nature avait
tout fait pour lui à son insçu ; noblesse, extérieur, grâce, fierté, tout

se peignait dans ses attitudes; ses
yeux noirs et voilés rendaient avec
rapidité la plus légère impression de
son âme, et ses lèvres épaisses, seul
trait qu'il eût conservé de son origine, laissaient voir, en se séparant,
des dents d'un émail éclatant. Astolfe
eût servi de modèle au statuaire, et
cette perfection faisait oublier la car-
nation dont il était privé et la prévention qui porte à croire qu'un enfant du soleil ne peut être beau en
Europe.

Cependant les salles se remplirent
de monde, la danse, les jeux com-
mencèrent; Astolfe se trouvait dans
le groupe des personnes qui ne faisaient qu'observer et causer, il fit et
reçut les complimens d'usage; puis
laissant errer son esprit, il se rappela

tout-à-coup Saint-Domingue, M. de
Saint-Yves, les malheurs de cette famille infortunée, l'époque où il était
esclave au milieu d'elle, celle où sa
liberté lui fut rendue; il tournait
pour ainsi dire autour de sa pensée
favorite pour y revenir exclusive-
ment. Il revoyait dans quelques femmes le costume blanc adopté par
Lydie dans ces temps heureux pour
elle, et s'isolant par la pensée au
centre de cette société joyeuse, il ren-
tra dans ses souvenirs et s'y enfonça
tellement qu'il n'entendait plus la
musique que comme si elle venait
de loin, et ne voyait les personnages
que comme des ombres légères et
fantastiques qui passaient et repas-
saient sans intérêt devant ses yeux.

Ne fût-ce donc point alors une

erreur de son imagination exaltée !...
Astolfe vit Lydie elle-même à quelques pas de l'endroit où il se trouvait
fixé comme par enchantement. Il la
vit pâle et maigrie, mais vêtue et
parée telle qu'elle s'était montrée à
lui dans le jour qu'il venait de se
rappeler..... Lydie, en ces lieux, si
près d'Astolfe ! n'était-ce point une
illusion !... L'incertitude du colonel
cessa lorsqu'il eut repris quelque empire sur ses sens. Ah ! qui pouvait res-
sembler à Lydie ? qui peut abuser l'œil
d'un amant ? c'était bien la femme
idolâtrée de son cœur....... Mais par
quelle étonnante circonstance se
trouvait-elle là d'une manière si im-
prévue ? Astolfe ne put contenir son
émotion, et cédant au mouvement
qu'il éprouvait, halétant de surprise

et d'amour, il était prêt à voler vers
elle , lorsqu'il aperçut le chevalier
de Valmire à ses côtés , qui lui sou-
riait tendrement et prenait son bras
sous le sien comme pour l'emmener
hors de la place qu'elle occupait.
Cette réunion , ce mouvement protecteur attérèrent le malheureux Astolfe. — Ils sont époux! pensa-t-il ,et
il resta pétrifié par l'effet de mille
sentimens confus qui se pressaient
dans son âme........ En un instant il
sentit les tourmens de la jalousie le
déchirer ; il lui semblait que pour la
première fois on le séparait de Lydie,
et que jusqu'alors l'extrême douleur
lui avait été inconnue...

Ah ! sans doute il avait été sans espérance , aucun projet flatteur n'avait
séduit son esprit! mais quel est

l'homme qui voit sans frémir l'objet
de son unique affection s'entourer de
liens, donner son amour, et vivre
pour un autre, lorsque soi-même on
se soumet à toutes les privations, à
tous les sacrifices !.....

Dans la certitude qu'il croyait avoir
acquise, Astolfe ne savait plus s'il se
ferait connaître à Lydie. Mais quoi !
il avait été présent à ses regards, et
elle n'avait point eu l'air de le remarquer : était-ce par oubli, par dédain, ou par suite d'une cruelle indifférence ?

Ces diverses pensées bouleversè-
rent entièrement la raison du jeune
colonel ; il s'enfuit de cette assemblée où régnait un plaisir qui discor-
dait tant avec son âme ; et sans savoir
où il porterait ses pas, ni quelle se-

rait sa conduite envers Lydie, il ne
sentit que le soulagement d'être seul
et de pouvoir respirer en liberté.

CHAPITRE XXIII.

Astolfe s'était trompé : Lydie , frappée de la figure qui venait de s'offrir à elle, l'avait aussitôt reconnue , et sans pouvoir se rendre compte de cette transformation dans une même personne , sans songer à en demander les causes, elle n'avait pas plutôt retrouvé l'ami qu'elle ne croyait plus de ce monde , qu'emportée par un transport naturel elle s'avançait vers lui, quand le chevalier de Valmire , à qui elle fit part de cette rencontre,

III.   8

la retint en lui proposant de parler à
Astolfe et de l'amener auprès d'elle.
Etonné lui-même de retrouver dans
le jeune et brillant colonel l'ancien
esclave de M. de Saint-Yves, entraîné
par un sentiment noble et reconnaissant qui tenait à leurs rapports passés,
M. de Valmire se hâtait de remplir
les intentions de Lydie, lorsqu'Astolfe
disparut. C'est alors que remettant
cette entrevue au lendemain, ils
s'informèrent de tout ce qui lui était
relatif, et qu'ils apprirent des principaux officiers avec lesquels ils eurent
occasion de s'entretenir, quel degré
d'estime il avait obtenu d'eux, et
quelle véritable admiration il leur
avait inspirée par sa conduite militaire et privée.

Lydie entendit tous ces détails avec

une joie, un bonheur inexprimables :
elle ne doutait pas des sentimens
d'Astolfe, et qu'il ne fût distingué de
ceux qui sauraient apprécier et sentir son mérite ; mais elle s'arrêta à
une seule idée, c'est qu'il était heureux ; que le ciel exauçant ses vœux le
lui avait conservé, et que le sort, las
de persécuter cet être bon et vertueux, avait fait pour lui ce qu'elle
n'osait espérer. Son désir maintenant
était de l'entendre lui-même raconter
les événemens qui l'avaient classé dans
le monde d'une manière aussi honorable ; et remplie d'impatience, occupée d'une pensée unique et forte,
elle ne tarda pas à s'éloigner d'un
lieu où elle ne s'était rendue que par
convenance, comme il est nécessaire
de l'expliquer.

8*

Don Aurélio n'était point parti de
Paris à l'époque de son rappel. Sa mission était remplie, et il était attendu à
la cour de Portugal avec impatience,
lorsqu'une incommodité assez grave
le retint. Il fut obligé d'attendre son
rétablissement, et Henrico porta les
dépêches importantes dont il ne pouvait retarder le départ. Cet homme,
qui avait toute sa confiance, la mé-
rita en cette occasion par le zèle et la
fidélité qu'il mit à servir son maître.
Lydie, de son côté, fut la garde assidue
de son oncle, et ses soins constans furent sa seule consolation. Elle lui devenait d'autant plus nécessaire, que
Gonzalès était atteint d'un ennui dé-
vorant qui détruisait ses forces morales et physiques; et, quoique consolé par les marques d'attachement de

sa nièce, il resta mélancolique et sombre. Il semblait ne pouvoir plus soulever le poids qui pesait sur son âme, et céder à un mal intérieur dont personne ne pouvait se rendre raison.

Une année entière s'était écoulée avant que Don Aurélio pût entreprendre le voyage qui devait le rendre à sa patrie, et pendant ce temps M. de Valmire avait témoigné à Lydie son désir ; il lui avait fait entendre son vœu le plus cher, sans avoir pu vaincre encore sa résistance. La veuve de M. de Saint-Yves répugnait à contracter de nouveaux liens. Elle le déclara avec franchise. L'engagement qu'elle avait pris de vivre près de son oncle, promettait à son fils fortune et protection. C'était un motif puissant à faire valoir ; et Lydie l'employait chaque fois que, reconnaissante de la tendresse du chevalier, elle cherchait à lui faire perdre l'espérance qu'il avait conçue.

Cependant rien ne rebutait M. de Valmire ; il profitait des droits de l'amitié pour s'attacher aux pas de Lydie, et personne ne douta plus qu'ils ne devinssent époux un jour. Lorsqu'enfin don Aurélio put songer à s'éloigner de France, le chevalier forma le projet de suivre Lydie ; il ne se sentait plus la force d'en rester séparé, et quand le moment du départ arriva, il fit partie du cortége, composé de personnes de la plus haute distinction, qui accompagnaient Gonzalès. Les soins, l'amitié de l'aimable chevalier pour le fils de Lydie, le

rendait pourtant cher à sa mère ; et
la préférence du petit Amédée pour
lui établissait entre eux un point d'intimité, un accord de sentimens auxquels la jeune créole eût renoncé avec
peine. Elle donna donc son assenti-
ment au projet de M. de Valmire,
et regrettait de ne point trouver dans
son cœur le genre d'affection qu'il eût
voulu lui inspirer. C'est beaucoup
sans doute pour qui sait le sentir,
d'obtenir ce sentiment du cœur d'une
femme, et une âme délicate et tendre
peut encore se trouver heureuse d'une
seconde pensée d'un objet aimé. On
doit à une estime et à une amitié parfaites cette impression qui dure autant que la vie, et qui, moins fugi-
tive que l'amour, demeure sans al-
tération.

Le chevalier appréciait son bonheur, et supportait d'autant mieux
la réserve à laquelle on le condamnait,
qu'il ne voyait aucuns rivaux plus for-
tunés que lui ; et c'était moins pour
veiller sur son trésor, que pour jouir
constamment d'une société devenue
nécessaire à son cœur, qu'il s'atta-
chait au sort de Lydie. Toujours res-
pectueux, galant, il prévoyait ses
goûts, les adoptait ainsi que ses idées,
et sa présence apportait une diversion
aimable aux devoirs sérieux que remplissait la créole auprès de son oncle.

Le petit Amédée s'élevait, il ressemblait à sa mère et faisait ses délices. La jeune Irma ne pleurait plus
l'Amérique, et pourtant se réjouissait
d'habiter bientôt un climat plus doux
que la France ; elle seule devinait les

secrètes pensées de sa maîtresse , et les dévoilait devant elle sans malice comme sans art ; et lorsque Lydie , dans des jours de tristesse , laissait échapper un soupir, ou laissait errer ses doigts sur sa harpe , en chantant un air de son pays , Irma , se rapprochant d'elle , lui disait à voix basse :

— Maîtresse , il reviendra , nous le reverrons, lui ! pas mourir qu'à tes pieds.

— Hélas ! disait alors Lydie , quelle peut être sa destinée !..... Il souffre , sans doute !.....

— Oui , reprenait Irma ; mais s'il existe, lui, t'aimer toujours comme moi je ferais, si ne te voyais plus !

— Le nom d'Astolfe était rarement prononcé dans ces entretiens , et cependant Irma répondait à l'intime

III.   9

pensée que Lydie n'exprimait jamais.
L'incertitude dans laquelle elle était
restée sur le compte d'Astolfe, était
devenue un supplice pour elle. Toutes
ces appréhensions prenaient chaque
jour un caractère plus alarmant ; et
lorsqu'elle quitta Paris, elle avait renoncé à l'espérance qu'Irma cherchait
à faire passer dans son cœur, et emportait au fond de son âme, un chagrin dont le ciel connaissait seul le
motif pur autant que tendre.

Madame la baronne d'Outreville
avait été désolée du départ de sa nièce;
elle perdait en même temps l'occasion
de remplir un rôle d'une certaine importance, et les plaisirs d'ostentation
qui pouvaient flatter un cœur comme
le sien. Elle eût bien désiré habiter
le palais de don Aurélio de Gonzalès,

et oublier à Lisbonne le rang médiocre
qu'elle tenait à Paris ; mais ce fut un
de ces avantages que ses complaisances
sollicitèrent en vain. Lydie embrassa
sa tante en la remerciant de ses visites
obligeantes , et don Aurélio les avait
totalement oubliées.

Ainsi madame d'Outreville, comme
beaucoup d'êtres qui lui ressemblent,
n'avait paru sur la scène du monde
que pour y amener de la gêne, de
l'embarras, et ce froid plus facile à
sentir qu'à exprimer, qui suit toujours
la médiocrité unie aux prétentions de
quelque genre qu'elles soient. La baronne retourna donc végéter dans une
solitude que son esprit ni son cœur
ne pouvaient animer , elle y reporta
ces petites passions qui semblent tenir
lieu de tout à ceux qui ne peuvent

9*

atteindre aux idées grandes et généreuses, et, par un sentiment trop
commun, elle s'applaudissait encore
d'avoir fait plier sous le joug de l'o-
pinion et du préjugé un être bon et
faible qui croyait avoir tout sacrifié
à la vertu !

O Lydie ! dans ta faiblesse, dans ta
douce ingénuité, que tes erreurs sont
préférables à ces calculs d'une longue
et sévère expérience ! Tu peux te
tromper avec candeur, quand les
autres mettent toute leur duplicité à
te juger, et devant le Dieu de justice
la part de chacun est faite : le pardon
est pour l'erreur !......

CHAPITRE XXIV.

Dans les villes où don Gonzalès s'arrêta jusqu'aux frontières, il trouva des amis de sa fortune et de son pouvoir, qui ne manquèrent pas de l'accueillir avec tous les honneurs usités en pareil cas. Sa mélancolie le rendant insensible à ces sortes d'attentions, c'était à l'aimable et belle créole que l'on s'adressait pour arriver jusqu'au favori d'un roi ; et les hommages rendus à la beauté étaient autant d'encens porté vers la puissante déesse honorée des

hommes malgré ses dédains et ses ca-
prices ; cette fortune enfin, qui paraît
devoir s'unir au mérite, et le fuit cependant presque toujours, s'était at-
tachée à don Aurélio ; et cette fois,
moins aveugle que de coutume, elle
jetait quelque éclat sur la femme du
monde la plus faite pour le recevoir
sans en être éblouie.

Lydie s'efforçait par bienveillance
de répondre aux avances faites à Gonzalès ; et lorsque quelques Portugais,
ses compatriotes, se présentaient à
lui , les grâces de Lydie effaçaient
aussitôt à leurs yeux l'impression de
mécontentement que laissait la ré-
ception de don Aurélio qui, depuis
sa maladie, semblait livré aux pra-
tiques les plus minutieuses d'une extrême dévotion, et devenait moins

accessible que jamais. Ils voyageaient
à petites journées, la santé déclinante
de Gonzalès les y forçait, et souvent
ils s'arrêtaient plusieurs jours dans le
même lieu.

Arrivés à Bordeaux, et prêts à s'em-
barquer pour Lisbonne, ils reçurent
l'invitation qui amena Lydie au bal :
son intention n'avait point été d'y
danser, mais seulement de répondre à
la politesse des principaux habitans
qui, ayant entendu parler du rang
occupé par don Aurélio, s'étaient
empressés de l'engager à prendre part
à leur fête. Le chevalier de Valmire
qui avait repris toute la gaieté française en perdant de vue ses malheurs passés, et pour lequel une nom-
breuse réunion était un sujet d'amusement, avait fort pressé Lydie de s'y

rendre. Elle céda donc, et porta dans un cercle brillant sa noble et élégante simplicité.

Cependant ce défaut d'art, ces mouvemens souples et gracieux qui caractérisent les Américaines, le doux et mol accent qui distingue leur langage, étaient autant de charmes qui firent remarquer Lydie : avec peu d'usage du monde et point de parure, elle produisit la plus vive sensation, car les grâces naturelles trouvent partout de justes appréciateurs ; et le chevalier, glorieux des louanges qu'il recueillait pour l'aimable créole, semblait ivre de joie, et plus heureux de cette admiration générale. Astolfe eût adoré la femme de son choix dans la solitude et l'obscurité, tandis que M. de Valmire sentait son amour croître au

milieu des succès que méritait son
amie; tous deux aimaient pourtant,
mais chacun avec une âme différente
et une organisation opposée.

. C'est dans ce moment de triomphe
que les yeux du colonel avaient rencontré la belle étrangère que tout le
monde vantait autour de lui, et qu'il
reconnut dans elle sa Lydie, celle
dont l'image idolâtrée n'avait cessé
d'habiter son cœur. Tous les hommes exaltaient sa beauté, Astolfe ne
vit que sa pâleur, l'air souffrant ré-
pandu sur toute sa personne ; il en
fut frappé douloureusement, et l'idée
qu'elle avait encore connu la peine
depuis son absence, s'empara de lui
au point de suspendre toute autre
pensée, et il garda cette impression
jusqu'à ce que l'apparition du che-

valier de Valmire vînt, en bouleve
sant son être, lui ravir à la fois l
délices et les craintes auxquelles il éta
en proie.

Astolfe, en s'éloignant, n'était poin
rentré chez lui ; il marchait à grand
pas dans les rues de Bordeaux , hon-
teux de sa fuite , et incertain s'il ren-
trerait dans le lieu du bal. Peut-être
perdait-il par sa faute la seule occasion
qu'il eût de voir Lydie , de s'éclairer
sur son sort ; et ce plaisir, que la veille
encore il eût acheté de tout son sang,
il venait de le repousser par un sentiment aussi peu raisonné qu'inconcevable.

Enfin , après mille sensations con-
traires, le besoin impérieux de revoir
Lydie , de l'entendre , l'emportant
sur sa première appréhension , il allait

rentrer et chercher son bonheur au
milieu de ce cercle qu'il avait fui ,
lorsqu'il vit le jour poindre , et à sa
faible lueur il put se convaincre que
les salles de réunion devaient être
désertes ; car la foule s'écoulait , et
une douce confusion semblait annoncer qu'une jeunesse folâtre était plutôt
arrachée au plaisir qu'elle ne le quit-
tait....

Les éclats des ris et de la joie firent
rétrograder Astolfe et l'accompagnèrent jusque vers son foyer solitaire :
c'est là que quelques heures après on
lui annonça une petite négresse qui
voulait lui parler absolument , quoiqu'on lui eût dit que le colonel reposait. Elle s'obstinait en pleurant, ajou-
tait le domestique , et demandait son
Astolfe à grands cris. A peine ce récit

était-il terminé qu'Irma parut en effet et se montra tout en larmes aux yeux d'Astolfe : ses caresses, son empressement consolèrent aussitôt la jeune fille, et dans l'excès de son ravissement elle s'écriait : — Toi! bien riche à présent! toi beau toujours! mais aussi toujours bon! n'avoir point oublié petite Irma!

— Oublier! répondit Astolfe; ah jamais! Il voulait en même temps prononcer le nom de Lydie et demander des nouvelles de madame de Saint-Yves; mais un tremblement involontaire l'en empêchait, et quoiqu'il sût bien, en voyant Irma, qu'elle s'était souvenue de lui, il redoutait d'apprendre l'événement de son nouveau mariage, qui se présentait à son imagination comme une chose cer-

taine, et retardait ses questions,
comme pour éloigner l'instant de sa
douleur.

Cependant la petite négresse tira
un papier de son sein, et le montrant
de loin au colonel d'un air de triomphe,
elle lui dit :

— Il y a des paroles là-dedans pour
toi !

Astolfe se saisit avidement du billet, l'ouvrit, et y lut avec transports ces mots tracés de la main de
Lydie :

« Retrouver Astolfe heureux est
» un bonheur si grand pour Lydie,
» qu'elle veut s'en féliciter avec ce-
» lui qui la consola si souvent dans
» ses peines ; bientôt une nouvelle
» et longue séparation recommencera

» pour nous; mais quelques heures
» de ce jour doivent être consacrées à
» l'amitié, aux souvenirs! suivez Irma,
» vous connaîtrez mon intention, As-
» tolfe, et le ciel en jugera! »

Rien ne peut rendre l'effet que produisirent sur le sensible Astolfe ces expressions d'attachement. Il faut aimer comme lui pour en concevoir la douceur et le charme; il faut surtout avoir été comme lui malheureux, et passer subitement du désespoir à l'extrême joie; il disait aussi en pressant le billet sur ses lèvres : — Ah! oui, il contient des paroles magiques que mille autres sur la terre ne pourraient prononcer pour moi! — et dans un trouble inexprimable, il se hâta de sortir, se laissant conduire par la jeune Irma, et gardant le silence, afin de mieux contenir l'expression de son bonheur. Il s'en faut pourtant qu'il fût parfait, puisque Lydie prévoyait encore l'absence ; mais il est des circonstances dans la vie si pleines d'émotions vives et profondes, que l'on semble n'exister que pour un seul moment...

La petite négresse marcha quelque temps en s'éloignant de la ville, et s'enfonça dans la campagne, puis s'arrêta tout-à-coup dans un lieu remarquable où, disait-elle, Lydie était venue se promener la veille; on y voyait une habitation tout-à-fait pastorale par sa simplicité extérieure, mais qui semblait réunir toutes les commodités de la vie : un joli bois, un verger l'entouraient, et des terres cultivées en for-

maie####es dépendances ; un peu plus
loin existait un monument antique,
dont les débris avaient servi à cons-
truire une chapelle ; quelques croix
vermoulues et renversées marquaient,
à peu de distance, la place d'anciens et modestes tombeaux, et
la terre fraîchement remuée en plusieurs endroits, annonçait que ce
terrain était encore consacré à de
nouvelles sépultures. Près de ce triste
et dernier asile, la nature riante et
parée se montrait dans tout son éclat,
comme pour prouver aux hommes
les bienfaits de la providence, et leur
apprendre l'immortalité par la mul-
tiplication des miracles.

Des arbres ornés des feuilles bi-
garrées de l'automne et formant des
masses imposantes, recouvraient de

leur ombre un riche tapis de verdure
partagé lui-même par un ruisseau qui
fuyait lentement sa source pour se
répandre ensuite dans le fleuve voi-
sin : la vue ne pouvait se porter au
loin, du milieu de ce petit vallon;
mais on aime quelquefois à se trouver ainsi borné malgré soi, il semble
alors qu'on va être oublié de l'univers et se trouver loin des méchans; à
l'abri des atteintes qui ont froissé le
cœur; on dirait qu'un lieu solitaire
et resserré est en harmonie avec les
pensées secrètes et les peines que le
monde ne doit point connaître.

C'est là que la créole était venue
par hasard porter sa rêverie, ce site
lui avait paru charmant; c'est là
qu'elle voulut revenir, lorsqu'ayant
retrouvé Astolfe, elle avait senti l'im-

III. 10

possibilité de le recevoir d'abord chez
don Gonzalès, et celle plus grande
encore de renoncer à cette entrevue.
Il était d'ailleurs inutile de se revoir
sans pouvoir s'entendre, et Lydie
avait mille choses intéressantes à savoir d'Astolfe. Ne lui devait-elle pas
aussi cette déférence, ce dédommagement! et ses sacrifices, son dévouement, ne méritaient-ils point
cette démarche de sa part? Lydie s'y
décida; elle partait incessamment,
les montagnes et les mers allaient être
entre eux, et si elle ne s'était point
trompée sur les sentimens du mulâtre, s'il en restait encore quelques
traces dans son cœur, la réunion d'un
instant était sans danger pour elle...

Cependant Lydie, plus troublée
qu'elle ne l'aurait cru, avait pris le

chemin du rendez-vous indiqué à Astolfe par Irma. Elle s'était dépouillée à la hâte de ses habits de bal, et, revêtue de ceux qui conviennent à une excursion champêtre, suivie d'un seul domestique, elle était sortie de la maison où don Gonzalès et M. de Valmire reposaient encore, et entra dans la chapelle en attendant l'arrivée d'Astolfe. En faisant sa prière, le cœur lui battait, comme lorsqu'on s'attend à quelque chose de solennel, et son oreille attentive attendait impatiemment la vibration de la cloche qui devait annoncer l'heure convenue.

Ah! sans doute Astolfe n'eût point sollicité la faveur qu'il recevait de Lydie; mais c'était une raison de plus pour elle de la lui accorder.

La reconnaissance impose des de-

voirs, pensait-elle ; et n'ai-je pas
promis d'acquitter la mienne avec
mon cœur ?.... — Un quart-d'heure
s'était écoulé, et l'airain avait frappé
sept fois l'air d'un son lent et faible.
A ce signal, Lydie sortit de la chapelle, ordonnant à son domestique
de l'y attendre, et Astolfe l'aperce-
vant et n'entendant plus Irma qui
cherchait à le retenir, vola vers elle.

— Astolfe ! — Lydie ! — Tels furent les noms cent fois répétés qui
retentirent dans cette solitude.

—Est-ce vous? vous que mes yeux
craignaient de ne plus revoir !... Ah !
je puis mourir maintenant, mourir
heureux ! Qu'ai-je fait, grand Dieu !
pour avoir obtenu une grâce aussi
enivrante ? O madame ! ô Lydie !
Pardon, je succombe... je me meurs !

Et Astolfe , en s'exprimant ainsi ,
tremblait et pressait la main de Lydie
sur son cœur , tandis que , chance-
lante elle-même à force d'émotions ,
elle se soutenait sur son bras.

— Oui , lui répondait-elle douce-
ment, je suis toujours votre amie....
et vos soins, Astolfe , votre attachement sont toujours restés dans mon
cœur ; je voudrais vous en remercier
encore au dernier jour de ma vie !

En ce moment , la pâleur de la
créole augmenta sensiblement ; ses
lèvres jadis si fraîches se décolorèrent,
et un nuage de langueur passa sur ses
yeux levés vers le ciel. Astolfe, frappé
pour la seconde fois de cet air de souffrance , en fut effrayé ; il lui dit
avec cette voix qui part de l'âme et
qui y répond :

—Ah! Lydie! seriez-vous malheureuse? quelques douleurs sont-elles venues peser sur votre cœur depuis... Il voulait dire depuis que nous sommes séparés; mais il n'acheva pas.....

—Non... répondit-elle faiblement, je n'ai point de nouveaux sujets de pleurs; le temps même, sans effacer mes peines, m'a appris à m'y résigner..... je ne sens pas quel est mon mal.

—Et pourtant vos traits annoncent la souffrance; votre bouche, autrefois si riante, se refuse à l'expression du bonheur..... Ah! vous souffrez enfin.... et je ne le sais plus!....

— Parce que moi-même j'ignore la cause de ce changement..... Il est vrai que mes forces se perdent, que j'é-

prouve une sensation triste et froide,
qui précède peut-être chez les êtres
aimés du Ciel la séparation de l'âme
et du corps... Astolfe, continua Lydie,
je suis destinée, je crois, à mourir
jeune ; mais je ne saurais dire que
cet état soit douloureux..... Ne par-
lons plus de cela.

Ces derniers mots de Lydie avaient
profondément affecté le mulâtre ; on
eût dit qu'il voyait celle qu'il aimait,
frappée de mort. Toutefois sa figure
seule exprima une résolution terrible,
après quoi il céda aux efforts que fit
Lydie pour changer ce sujet d'entretien, et parvint à l'écouter lorsqu'elle
lui parla de son fils, parce qu'il la
vit se complaire dans les détails mi-
nutieux qui le lui peignaient si bien.
La beauté du petit Amédée, ses grâces,

son esprit naissant furent tour-à-tour
vantés par sa mère ; et son cœur, dégagé de toute affectation, se livrait
devant Astolfe à l'innocent plaisir de
répéter ce qu'il avait entendu déjà.

Il y a quelque chose de respectable
et de charmant dans cette faiblesse
des femmes, et si la société blâme le
sentiment de vanité qui la cause, les
êtres bons et sensibles y voyent une
tendresse presque divine et le dédommagement de leurs peines ma-
ternelles.

Après avoir recueilli de la bouche
de Lydie ces communications que
l'amitié trouve délicieuses, Astolfe,
interrogé par elle, lui rendit compte
à son tour des événemens qui l'avaient
porté au rang qu'il occupait dans le
monde ; il dit tout, hors le sentiment

qui avait causé sa fuite et son désespoir; du moins il en voila les expressions, car son accent, ses mouvemens
expressifs et l'effort avec lequel il repoussait Lydie de son cœur lorsqu'il
eut voulu l'y presser mille fois, étaient
autant d'indices qui trahissaient son
secret. Un de ces momens d'abandon, de familiarité si doux, si regret-
tés de tous deux, était revenu; ils
en jouissaient avec trop de délices
pour qu'il ne fût pas entouré de dangers, et sa courte durée ne leur laissant
que la crainte de n'en point jouir
assez, ils ne calculaient point autant
leurs paroles qu'ils l'eussent fait peut-
être en toute autre circonstance.

Le pauvre mulâtre avait totalement
disparu aux yeux de Lydie, elle ne
voyait plus en lui qu'Astolfe libre,

III.   11

considéré, sorti d'un état obscur par
la supériorité de son mérite, au niveau
de tout homme digne d'estime, et au-
dessus de beaucoup d'entre eux par
ses nobles et belles qualités.

Astolfe avait infiniment gagné sous
les rapports extérieurs depuis qu'il
avait vécu moins solitairement, et la
gloire avait imprimé de la noblesse à
son front ; enfin le cœur de Lydie
avait besoin d'entendre le jeune colonel pour éloigner l'illusion qu'il
produisait sur elle, et, il faut le dire
pourtant, cette illusion ne lui était
pas défavorable. Une sorte d'éducation et des manières distinguées servent pour ainsi dire de second langage entre les personnes qui d'ailleurs
s'entendent par le cœur, et l'on ne
saurait croire combien cet accord est

nécessaire dans l'intimité; le charme en paraît naturel lorsqu'il existe, alors on n'y réfléchit pas; c'est lorsqu'il manque qu'on en regrette l'attrait.

Une confiance parfaite s'établit encore une fois entre ceux que des revers avaient rapprochés; la distance s'effaçait pour ne laisser de place qu'à la plus tendre affection, et c'est alors qu'Astolfe soulagé, heureux, connut que Lydie était encore la veuve fidèle de M. de Saint-Yves.

— Eh quoi! dit-il à la créole, l'amour de M. de Valmire est-il donc sans récompense?

— Sa société me plaît, répondit-elle, je lui ai donné ce que mon cœur peut ressentir, une pure ami-

11*

tié... il en paraît content, cela me
suffit...

— Ah! cette amitié ferait encore
son bonheur dans le mariage; sa constance, sa soumission obtiendront ce
prix... Lydie ! vous vous laisserez
toucher...

— Non, dit-elle, je n'existe que
pour mon fils, tous les actes de ma
vie se rapportent à lui... Je chéris
d'ailleurs mes souvenirs; aimer encore ce serait les profaner ! et mon
cœur, quoique languissant, n'est point
faible, Astolfe.

— Mais il est sensible, reprit le
mulâtre avec chaleur; et si jeune et
si belle ! la vie se fermera-t-elle pour
vous sans amour?

— Je l'ignore, répartit Lydie avec

un air charmant d'innocence et de sin-
cérité ; mais si, contre mon attente,
ma carrière se prolongeait ; si l'amour
naissait dans mon âme, alors seulement je me donnerais et j'accepterais
de nouveaux liens. Cet amour même
serait mon excuse ; je ne conçois pas
qu'on arrange froidement la vie, ni
qu'on se livre sans entraînement,
quand l'âge est venu éclairer le cœur.

—Ainsi donc, reprit Astolfe, vous
ne vous marierez point par raison ?

—J'ai voulu dire, continua Lydie,
qu'un grand attachement pourrait
seul me décider à contracter une seconde union...... Mais ne croyez pas
que j'oublie ou dédaigne les convenances ; non, non, je sens trop
maintenant combien elles sont importantes. Je les respecte, et j'espère

n'être jamais dans le cas de leur faire un sacrifice......

Elle n'avait point achevé ces mots, qu'elle vit la douleur se peindre sur le front d'Astolfe, et qu'elle sentit combien elle avait blessé son amour et sa pensée.... Lydie rougit, et dans le mortel embarras de ne pouvoir réparer sa faute, elle se rapprocha de lui.

—Ami, lui dit-elle, pourquoi faut-il que toutes mes paroles vous causent du mal?... pourquoi....

— Parce que la destinée qui m'accable, répondit-il avec un désespoir convulsif, empoisonne pour moi ce qu'il y a de plus beau, de plus doux sur la terre; parce qu'elle m'ôte jusqu'à la possibilité de me plaindre.... parce qu'enfin, ô Lydie! forcé par le

sort à vous fuir, je ne pourrai jamais
vivre pour vous, ni mourir du même
coup qui vous frappera.....

Dans ce moment de douleur, de
trouble, perdant tout empire sur lui-
même, Astolfe révéla son malheur.
Ah ! c'est ainsi qu'il appelait son
amour ; ce sentiment passionné, si
long-temps contenu, sortit enfin de
son cœur. Il donnait une éloquence
inexprimable à ses expressions, et
des traits de feu n'eussent pas eu le
pouvoir de brûler davantage. Astolfe était tombé à genoux ; il implorait la pitié, le pardon de Lydie. Sa
bouche, collée sur la main avec laquelle elle le repoussait, était em-
brasée de son haleine ; et pour expier
cet instant de félicité, le malheureux
mulâtre invoquait la mort.

Lydie n'eut point le courage de lui adresser un reproche ; elle pleura en lui disant adieu, et son regard exprimait le pardon , mais non l'oubli.... Eperdue , tremblante , elle allait s'éloigner, lorsqu'un cri perçant se fit entendre : c'était la voix d'Irma.

CHAPITRE XXV.

La petite esclave, en attendant sa maîtresse, courait et folâtrait aux environs ; elle s'était portée vers les bords du fleuve, et en se penchant pour se mirer dans les ondes elle avait glissé ; déjà le courant l'emportait, et elle allait disparaître, quand Astolfe, alarmé par ce cri et rappelé à lui-même par l'exclamation de Lydie, vola de ce côté et vit la petite négresse s'agiter dans l'eau.

Déjà il s'était dépouillé de son ha-

bit, s'était jeté après elle, et venait
de toucher ses vêtemens, quand la
créole atteignit le rivage ; une terreur
mortelle s'était emparée d'elle, le
danger que courait sa petite favorite,
le mouvement d'Astolfe, qui ressemblait autant au désespoir qu'au dé-
voûment, la scène cruelle qui l'avait
précédé, tout rendit pour Lydie ce
moment affreux. Elle vit le mulâtre
plonger à plusieurs reprises, lors
même qu'il eut remis la petite Irma
aux mains d'un pêcheur qui, témoin
de ce qui se passait, avait amené pré-
cipitamment sa barque vers eux ; et
ne sachant comment interpréter cette
action, encore incertaine sur l'existence de sa petite négresse, elle offrait
l'image de l'anxiété et de la désolation.

Cependant le pêcheur lui fit signe que la jeune fille était sauvée , et s'avança en même-temps à l'endroit où le mulâtre venait de disparaître pour la troisième fois.

Au nom du ciel! s'écria Lydie, allez à son secours, ou il va périr ! le malheureux cherche la mort...... O rendez-le-moi ! Elle remit au pêcheur tout l'argent qu'elle avait sur elle et lui en promit le double s'il consentait à faire ce qu'elle lui demandait. — Ah! disait-elle dans son transport, quelle âme vous rendriez à la terre !

L'air persuasif de Lydie , ses promesses , et sûrement le désir naturel d'arracher son semblable au péril, décidèrent le pêcheur. Il plongea à son tour et reparut bientôt avec Astolfe, n'ayant pour lui-même éprouvé au-

cun accident. Mais le mulâtre qu'il
venait de transporter sur le rivage ne
laissait plus rien espérer pour sa
vie; le froid, l'immobilité de son
corps, ses lèvres entr'ouvertes, le
battement interrompu de son pouls,
annoncèrent à Lydie que son malheureux ami n'était plus !...

Alors s'abandonnant au plus violent désespoir, elle se jeta sur ce corps
inanimé, cherchant à lui faire passer
sa chaleur et à le ranimer par ses cris
et par ses larmes. La main de Lydie
pressait son front et ses cheveux hu-
mides, pendant que l'homme qui s'é-
tait exposé pour lui, essayait tous les
moyens possibles de le rappeler à
l'existence.

Irma revenue à elle et voyant le
danger que courait son bienfaiteur,

retrouva des forces pour aller chercher du secours : quelques personnes
arrivèrent et enveloppèrent le mulâtre de vêtemens chauds , pendant
qu'on employait des parfums et des
spiritueux pour le tirer de l'évanouis-
sement dans lequel il restait plongé.

Cependant Lydie n'avait plus d'espérance ; elle s'abandonnait à l'ex-
cessive douleur que lui causait cet
horrible accident.

— Astolfe ! mon ami ! répétait-elle,
reviens, reviens à la vie ! Eh ! ne sa-
vais-tu pas que ta perte allait briser
mon cœur !... car elle était dans l'affreuse persuasion que craignant de
l'avoir offensée par l'aveu de son
amour, et peut-être fatigué de ses
peines, il avait voulu y mettre ce
terme épouvantable. C'est alors que

la main de Lydie pressant celle d'Astolfe, qui était fortement contractée,
elle vit avec surprise et terreur qu'il
tenait le médaillon contenant son
portrait. Aussitôt sa pensée lui pré-
senta rapidement la véritable cause
de la perte d'Astolfe, et elle devina
qu'ayant laissé tomber cette minia-
ture au fond de l'eau, et s'en étant
aperçu sans doute après avoir sauvé
Irma, il avait fait, pour la ravoir, un
effort auquel une disposition funeste
l'avait fait succomber.

Ce motif n'était pas nécessaire pour
toucher profondément le cœur si
tendre de Lydie; mais il donnait à ses
regrets un caractère qui ressemblait à
une douleur d'amour... Elle appelait
des noms les plus doux l'infortuné
qui ne pouvait l'entendre. Ah! fal-

lait-il qu'Astolfe ne pût recueillir ces accens touchans !... Il est mort, disait-elle, mort pour moi! lui! le compagnon de mes infortunes, l'ami de ma jeunesse! le seul être qui reçut mes larmes! Moi qui fus toujours un objet de souffrance pour lui, j'ai creusé son tombeau !:...... Ne puis-je donc racheter son existence de la mienne !....

Telles étaient les expressions de Lydie pendant qu'elle couvrait de son visage la tête mourante d'Astolfe. Cependant le ciel n'avait point encore marqué le terme de sa vie, et ne voulait point enlever un être à la terre avant qu'il eût goûté le bonheur, et ce fut dans les bras de Lydie qu'Astolfe se sentit renaître. La connaissance lui revint peu à peu ; tous ceux qui l'entouraient poussèrent un cri de joie : une exaltation qui avait quelque chose de céleste, remplaça sur les traits de la créole l'expression de la douleur, elle n'osa plus alors réchauffer Astolfe de ses soupirs, mais elle rendit grâce au ciel!... et soutenue par un léger espoir, elle put alors lui donner les soins les plus tendres.

Après tout ce que le mulâtre avait souffert, après tant d'années d'une douleur âpre, aiguë, que tout nourrissait et n'adoucissait jamais, quel fut son ravissement en sentant les pleurs de Lydie couler sur lui, et en se retrouvant soutenu sur son sein ! La faiblesse l'empêchait encore de parler, il ne recouvrait que peu à peu ses facultés; mais il lui semblait dans, cette

espèce d'anéantissement , qu'il jouissait d'un rêve délicieux , et qu'il était
aimé de l'objet de son culte et de son
amour...

Cependant la douce voix de Lydie
se faisait entendre ; elle lui donnait
encore les noms les plus chers , comme
pour retenir sur la terre son âme er-
rante ; et Astolfe put enfin se convaincre de l'intérêt qu'elle lui portait et
de la réalité de son bonheur. Son regard reconnaissant rencontra le sien ,
tandis qu'elle semblait le remercier
de vivre encore pour elle ; et tous
deux , unis déjà par les liens mysté-
rieux de la confiance et des souvenirs ,
venaient de puiser une nouvelle vie
au sein de la mort même. L'enthousiasme , l'admiration et l'amour re-
vinrent habiter le cœur d'Astolfe , et

III.   12

Lydie, pour la première fois, sentit
dans tout son être ce frémissement,
présage d'une grande et invincible
douleur; car c'est ainsi que s'annonce
l'amour dans une âme sensible et crain-
tive.

Leurs regards confondus avaient
tout révélé. Il n'est rien qu'un sentiment partagé n'efface, et les miracles ne sont connus que des vrais
amans. Déjà les déchiremens, les
angoisses étaient oubliés : une puissance magique avait rappelé Astolfe
des portes de la mort; elle doublait
encore ses forces, comme pour lui
laisser mieux goûter le plaisir suprême
dont il était pénétré. Son cœur battit
violemment sous les doigts de Lydie;
elle s'écria : Il est sauvé !... et chacun
répéta ces paroles avec l'accent d'une

joie pure qui retentit au loin dans le
joli vallon dont cet événement avait
troublé la solitude.

On fit transporter le colonel dans
la petite maison qui touchait à la chapelle du hameau ; il y fut reçu avec
empressement ; c'est là qu'il acheva
de reprendre la connaissance et le
souvenir de ce qui s'était passé.

Combien alors il bénissait un danger qui lui avait valu des marques de
tendresse si touchantes ! Ah ! ce nom
d'ami , prononcé par ce qu'on adore,
produit un effet si délicieux , qu'au
dernier jour de sa vie il est permis de
regretter cette pure jouissance : elle
est infinie pour qui sait la sentir , et
survit à toutes les illusions.

Astolfe recueillait avec transport
les sons de cette voix caressante et

12*

chérie, que jamais il n'avait entendue
sans tressaillir.

— O Lydie, lui dit-il, lorsqu'il
put lui répondre, n'accablez pas mon
cœur de félicité, ou dites-moi qu'elle
reviendra pour quelques-uns des jours
que vous m'avez rendus : si elle devait m'être à jamais ravie, laissez-moi
mourir....

— Tranquillisez-vous, répondit-
elle, Astolfe, désormais, je le crois,
nos âmes s'entendront toujours; n'est-
ce pas là le bonheur ?....

Astolfe soupira ; mais une exaltation
soudaine semblait avoir traversé sa
pensée : on pouvait croire qu'aimé
de Lydie, il se sentait capable de tout
faire, comme de tout sacrifier pour
elle, et que cette idée embrasait son
esprit et son cœur.

Lydie pensait avec raison qu'Astolfe avait le plus grand besoin de repos après l'accident qu'il avait éprouvé,
et qu'il n'en pourrait prendre tant
qu'elle serait près de lui ; elle pré-
sumait également que n'ayant point
annoncé le motif de son absence, ni
sa durée, on devait être dans l'in-
quiétude sur elle, à l'hôtel de don
Gonzalès ; en conséquence elle crut
devoir s'éloigner d'Astolfe et prévenir
elle-même son oncle sur la rencontre
qu'elle avait faite et sur l'événement
qui l'avait suivie, préférant s'exposer
volontairement à un reproche de sa
part, que de prolonger une situation
au moins embarrassante.

Lydie ne désirait-elle pas se retrouver seule aussi, et son âme effrayée
de cette puissance d'aimer, qui s'était

manifestée comme à son insçu, ne sentait-elle pas la nécessité du recueillement et de la réflexion ? Pauvre Lydie ! à quoi sert l'analyse d'un sentiment involontaire ? n'est-ce pas découvrir toute la force d'un mal sans remède ? Ah ! bien plutôt elle devait se défendre de tout ce qu'il y avait d'hostile autour d'elle ; mais l'âge des calculs et de la prévoyance n'était point arrivé pour la jeune créole, et l'amour allait éloigner encore ce temps qui n'appartient qu'à la raison.

Elle prit tous les ménagemens possibles pour s'éloigner d'Astolfe, sans l'affliger, et laissant près de lui un chirurgien et son propre domestique qu'on avait fait appeler, elle lui promit de ne point tarder à le revoir.

Lydie s'arracha donc des bras d'As-

tolfe qui, pour la première fois de sa
vie, laissait voir toute sa faiblesse et
la peine qu'il ressentait en la perdant
de vue.

~~~~~~~~~~~~~~~~~~~~~~~~~~~~~~~~~~~~

CHAPITRE XXVI.

———

Irma se ressentait faiblement de sa chute , elle fut reconduite à la ville. Lydie l'y suivit immédiatement , et elles y arrivèrent à la nuit tombante. L'alarme était portée au plus haut point à l'hôtel de Gonzalès , et la disparition de Lydie y avait produit un effet inexprimable. M. de Valmire , surtout , qui s'était fait une douce habitude de veiller sur elle , ne se pardonnait pas cette négligence d'un moment ; ne sachant à quelle conjecture

s'arrêter, et en formant mille différentes, il avait passé cette journée
en proie aux plus horribles tourmens,
surtout lorsqu'après s'être présenté à
la demeure du colonel il eut appris
qu'il n'avait point reparu chez lui
depuis l'heure où Lydie elle-même
était sortie.

Don Aurélio sut à cette occasion la
rencontre du bal et tous les détails qui
concernaient le mulâtre. Cette connaissance produisit en lui la sensation
terrible qui accompagnait toujours la
vue ou le nom même de cet homme
redoutable; il tomba tout à coup dans
un accès de fureur tel, qu'il se sentit
beaucoup plus souffrant de la maladie
dont il était atteint, et qu'une fièvre
ardente s'empara de lui. Pendant son
délire il prononçait le nom de Zé-

liore, appelait Henrico, et faisait usage de la discipline suspendue au chevet de son lit, sans qu'on pût l'arracher à ces étranges mortifications qui, dans l'état où il était, augmentaient encore sa faiblesse et ses douleurs.

Quant au chevalier, il ne concevait rien à ce qui se passait, et sans s'arrêter à aucune idée fixe, il éprouvait un malaise, un mélange de doute et de crainte qui ne lui laissait aucun repos. Il avait battu la ville et les environs sans succès, et rentrait désespéré, sans aucune nouvelle de Lydie, lorsqu'elle reparut elle-même.

Ce ne fut pas sans quelque confusion que la jeune comtesse de Saint-Yves raconta ce qui s'était passé dans cette journée, et qu'elle dit comment, après avoir rencontré le brave et ex-

cellent Astolfe, elle avait voulu apprendre de lui les événemens de sa
vie depuis leur séparation, et l'accident fâcheux qui avait suivi cet entretien ; elle ajouta devant Gonzalès
que lui ayant vu quelque répugnance
pour ce jeune homme, elle avait
craint de lui déplaire en lui donnant
l'entrée de sa maison ; mais que pour
son propre compte elle croyait devoir
lui prouver son estime toutes les fois
que l'occasion s'en présenterait.

Lydie rougit beaucoup en s'exprimant ainsi, parce que son cœur n'était
pas tranquille ; cependant ni l'air
étonné du chevalier de Valmire, ni la
contenance grave de don Aurélio, ne
l'empêchèrent de rendre témoignage
à la vérité : elle saisit même cette circonstance pour rappeler à son oncle

13*

la dette sacrée qu'elle avait contractée envers Astolfe, et le pria de remettre à sa disposition la somme qui
dans le temps avait été réfusée par ce
dernier ; ce à quoi Gonzalès consentit,
et ce qui fut exécuté suivant le désir
de Lydie, qui avait à cet égard un
projet qu'elle devait bientôt réaliser.

Don Aurélio, malade, sut, par
adresse ou par habitude, voiler son
mécontentement : il ne fit d'abord
aucune objection à Lydie, il la félicita sur son heureux retour, et ré-
clama de nouveau ses soins, qu'une
fièvre violente lui rendait plus nécessaires encore.

M. de Valmire eut la même réserve
par un autre motif : honoré de la confiance de la jeune créole, il ne témoigna point sa pensée secrète, il ne parla

que de ses inquiétudes sur une absence si peu prévue, et son respect
lui interdit toute observation; aussi
Lydie rassurée crut n'avoir que des
amis indulgens autour d'elle, et se
livra sans contrainte aux impressions
nouvelles qu'elle avait trouvées dans
son âme.

—Eh! qui pourrait me blâmer, se
disait-elle, d'aimer un être vertueux,
que des étrangers même considèrent
et distinguent!... N'a-t-il pas des titres
à mon amitié, ne la lui ai-je pas pro-
mise?... ne l'ai-je pas dû?... Ce sentiment auquel Lydie donnait le nom
d'amitié, avait déjà fait tant de pro-
grès dans son cœur, qu'elle faisait
cause commune avec l'objet de son
affection et s'offensait de la froideur
du chevalier pour Astolfe, auquel il

avait dû la vie ; elle se sentait prête à l'accuser d'ingratitude, et son âme si douce, si indulgente, commençait à blâmer avec passion depuis qu'elle sentait fortement.

La prévention de don Aurélio l'étonnait moins ; mais elle en gémissait, et il lui semblait qu'elle devait céder devant le mérite d'un homme qui n'avait eu d'autre tort dans sa vie que d'être malheureux : néanmoins elle n'osa solliciter de son oncle la faveur de lui présenter son ancien ami ; seulement le lendemain au chevet de son lit, où elle avait veillé une grande partie de la nuit, elle exprima l'intention de revoir Astolfe une fois encore avant de quitter Bordeaux, et cela dans l'intention de s'acquitter dignement envers lui ; ensuite elle l'assura de la disposition où elle était de n'agir que par ses conseils prudens, ainsi que du regret de n'y avoir pas recouru toujours. Don Aurélio se trouvait plus paisible lorsque sa nièce cherchait ainsi à connaître le fond de sa pensée sur Astolfe, et la manière dont il jugeait sa conduite. Elle le sut en partie, et trop tôt pour sa propre tranquillité.

Don Gonzalès fit entendre à Lydie que le sentiment le plus légitime devait être contenu dans des bornes très-circonscrites, qu'on ne pouvait s'y livrer sans donner matière aux plus noires calomnies; il lui fit entrevoir l'impossibilité où elle était de rendre compte à la masse des hommes de ses rapports avec un jeune militaire que sans doute on ne sup-

poserait point avoir été son esclave;
que toutes les circonstances qui
avaient pu, non effacer, mais peut-
être faire oublier momentanément la
différence du rang entr'eux, étant
également inconnues aux autres, elle
aurait à supporter la sévérité de l'o-
pinion publique si elle mettait la
moindre légèreté dans ses démarches.
Aurélio ajouta que sa réputation aurait déjà eu trop à souffrir de ses relations avec ce jeune homme, si
d'autres personnes que celles qui
composaient sa famille en avaient été
instruites; que leur prompte séparation
avait heureusement dissipé de mali-
gnes et odieuses interprétations; mais
qu'elles pouvaient renaître d'une manière plus grave encore. Ce n'est point,
ma nièce, continua Gonzalès, que

votre naissance, votre délicatesse et
votre réserve, ne vous mettent à l'abri
d'absurdes calomnies ; une fille née
du sang des Gonzalès, veuve du
comte de Saint-Yves et mère d'un
fils appelé à un rang supérieur, ne
peut s'oublier au point d'admettre un
être aussi obscur dans son intimité...
Loin de moi un doute offensant pour
votre caractère : toutefois, je le répète,
la société ne juge que sur les appa-
rences, il faut donc en donner toujours de sages à ses actions.

Ma chère nièce, dit encore Gonzalès d'une voix fière, malgré sa faiblesse, j'ai approuvé votre intention ;
remettez à l'homme que votre main a
tiré de l'esclavage et de la misère, la
portion de fortune qu'un événe-

ment cruel vous a rendue pour un instant utile, doublez-la si vous le jugez à propos, je vous en laisse la maîtresse ; ne craignez pas de disposer de moi à cet égard : mais si vous êtes convaincue, si vous conservez quelque déférence pour mes avis, rompez toute espèce de rapport avec ce mulâtre qu'un sort funeste amène sur votre chemin et pour votre malheur...

— Que dites-vous, mon oncle ? interrompit Lydie ; pourquoi donc mon malheur... grand dieu ! que prévoyez vous ?...

— Mes forces sont épuisées, dit Gonzalès sans lui répondre directement ; hier j'ai été fort mal... peut-être ne reverrai-je plus ma patrie!....

Si vous me considérez comme votre
protecteur, Lydie, ne méprisez point
mes paroles...

— Cher oncle ! reprit-elle, atten-
drie, j'ai toujours mis mon bonheur,
mon devoir, à vous obéir... Cependant permettez-moi une seule réponse... j'ai promis... on m'attend...
s'il ne me voit pas il en mourra peut-
être !...

—O ciel! quel langage ! quoi! Lydie, cet homme audacieux oserait-il
vous aimer? flatteriez vous sa passion...

— Grâce! grâce! mon oncle, s'é-
cria la créole tremblante et tombant
à genoux; s'il le faut.... j'obéirai,
je ne le verrai plus... Mais ne m'accablez pas!...

Don Aurélio savait tout ce qui se

passait dans le cœur de Lydie, et
avant elle il soupçonnait sa faiblesse;
s'il avait voulu l'effrayer, c'était pour
obtenir plus sûrement ce qu'il souhaitait, et rompre toute communi-
cation entre le mulâtre et Lydie. Sa
douceur feinte, son ton persuasif,
avaient été employés à ce dessein; il
n'insista donc plus que sur la promesse qu'il venait de lui arracher, car
une entière confidence eût été plus
nuisible qu'utile au but qu'il se proposait...

Sans s'inquiéter s'il perçait le cœur
de cette nièce si sensible et si tendre,
le froid Aurélio servait sa passion do-
minante. Aux portes de l'éternité,
il voulait encore tromper les humains,
les asservir, et il croyait que ses maux
lui mériteraient le pardon du Ciel....

Non , non, les douleurs du méchant
font sourire les anges ; elles sont pour
eux le commencement de l'enfer !....

La timide créole n'eût pourtant jamais consenti au sacrifice qu'on exi-
geait d'elle , si elle n'eût craint la pé-
nétration de cet oncle impitoyable ,
et la réflexion rend toujours affreux
ce qui n'est obtenu que par la force.
Le cœur repousse alors la raison ; il
n'est pas même touché de ce qui lui
eût paru juste avec moins d'exigeance.
Ce fut l'effet que ressentit Lydie après
ce cruel entretien : elle combattit
quelques momens encore , assez pour
donner beaucoup d'avantage sur elle,
et trop faiblement pour montrer une
résolution ferme. Elle céda , comme
elle avait déjà fait ; mais jamais elle
n'avait autant senti l'oppression ; ja-

mais Lydie ne s'était trouvée si malheureuse.

Don Aurélio , pour répondre au
motif que lui avait donné sa nièce de
revoir Astolfe , et voulant éviter que,
sous ce prétexte , elle n'éludât sa défense , l'engagea à remettre cette af-
faire entre les mains du chevalier de
Valmire. Il vanta sa délicatesse , e
la grâce avec laquelle il remplira
ses intentions ; enfin, il obligea Lyde
à employer ce moyen , en s'opposan
à tous ceux qu'elle proposait.

La triste comtesse se retira chez
elle et murmura pour la première fois
de sa vie , car rien ne porte à souhaiter
l'indépendance, comme un sentiment
trop tendre. Toutefois en s'occupant
de la dette que la justice et la reconnaissance lui avaient imposée , elle

ne rougissait plus de son cœur ; et
lorsqu'elle fit part au chevalier de Valmire de ses desseins , en y ajoutant
la prière de vouloir bien la seconder,
elle y mit l'aisance et la noblesse qui
lui étaient naturelles. En s'occupant
du bonheur d'un autre , Lydie rentrait dans son empire.

Le chevalier, enchanté de posséder
sa confiance , se promit bien de la
justifier en cette occasion. Il s'agissait
d'acheter , au nom d'Astolfe , la propriété où le hasard l'avait fait trouver
après son accident. Lydie avait su
qu'elle était à vendre , et mille raisons
lui disaient que son ami préférerait
ce lieu à tout autre. C'est là , pensait-
elle, qu'il irait se reposer de la gloire,
et des fatigues qui en sont inséparables.
La maison , les terres , les bois, la

vue de ce fleuve où il avait failli mourir pour elle , lui appartiendraient ;
la situation de cette campagne , les
souvenirs qu'elle lui rendrait , devaient plaire au cœur du plus sensible des hommes, et cette manière
de s'acquitter charmait celui de Lydie,
dont tout ce qui était délicat formait
l'essence.

Le contrat fut dressé aussitôt que
les premières démarches furent faites
par M. de Valmire, et fut envoyé par
Lydie à Astolfe avec une lettre.

CHAPITRE XXVII.

———

C'était Lydie elle-même qu'avait
attendue le colonel ; elle le lui avait
dit ; il avait compté , dans cette espérance , les heures, les minutes ; elle
seule le retenait dans la demeure où
il avait été transporté, puisque ses
forces et sa santé étaient revenues entièrement après un peu de repos ; le
domestique de la comtesse, laissé près
de lui, avait porté plusieurs fois cette
bonne nouvelle à sa maîtresse ; ce fut lui
encore qui revint avec la lettre qu'elle

III. 14

lui avait enjoint de remettre de sa part au colonel; mais lorsqu'il s'acquitta de sa commission, Astolfe eût craint de voir arriver Lydie, et fut presque soulagé en reconnaissant son écriture. Il était alors entouré de tous les officiers de son régiment qui, instruits de l'événement qu'il avait éprouvé, s'étaient empressés de le visiter et de venir se féliciter avec lui qu'il n'eût pas eu de suites plus funestes; tous lui pressèrent la main avec cordialité et l'engagèrent de revenir au milieu d'eux; chacun se promettait de le distraire s'il fallait qu'il gardât la chambre quelques jours.

Astolfe, dans la crainte que la belle créole n'arrivât dans ce moment et ne fût compromise par cette

démarche , ne savait quel parti
prendre. S'éloigner lorsqu'elle pouvait venir, était affreux pour lui ;
rester, allait exposer la femme qu'il
adorait aux réflexions légères qui
l'eussent offensée : il répondait donc
avec sensibilité aux complimens de
ces messieurs, sans toutefois s'engager, lorsque le valet de chambre arriva à la place de Lydie.

Le colonel demanda la permission
de prendre connaissance de ses dépêches. L'étonnement, la joie se sai-
sirent de son cœur en lisant comment
Lydie s'était occupée de ses plaisirs,
de son bonheur : il jouissait à l'a-
vance de ce don qu'une main chérie embellissait pour lui ; et déjà il
l'avait accepté avec cet élan, cette
bonhomie de l'amour qui élève si

14*

bien l'âme, qu'on n'y trouve rien
que de glorieux et de pur.

M. de Saint-Yves avait voulu as-
surer l'existence du jeune esclave ; ce
don généreux avait eu la plus noble
destination ; aujourd'hui il revenait
à son possesseur, mais après avoir acquis un prix inestimable !...... Cette
idée n'occupait point Astolfe ; il ne
voyait que les caractères de Lydie
tracés pour lui, il ne sentait que la
douceur d'avoir été l'objet de sa pensée ; il éprouvait comme elle, ou
plutôt mille fois davantage, l'ivresse
des souvenirs, et il lui tardait d'exprimer à ses pieds sa reconnaissance
et sa joie : toutefois il s'étonnait
qu'elle ne lui en eût point indiqué le
moyen. Pour ne point corrompre ce
moment, Lydie n'avait rien dit de

l'espèce de défense qui lui avait été faite, seulement elle le prévenait qu'elle ne pouvait se rendre ce jour-là près de lui.

Astolfe, qui se trouvait alors dans son propre domaine, se promit d'y revenir seul pour en faire les honneurs à cette amie si généreuse et si parfaite ; et espérant devancer l'instant de la revoir, par je ne sais quel heureux hasard, il se rendit aux instances qui lui étaient faites de retourner à la ville.

Pendant qu'Astolfe répondait à la comtesse de Saint-Yves, on prépara le cheval qu'il avait fait demander, se sentant assez de force pour le monter ; les officiers reprirent les leurs, et satisfaits d'emmener leur colonel, ils l'escortèrent en lui donnant des marques de l'intérêt le plus touchant.

Les musiciens du régiment, qui avaient obtenu de venir à sa rencontre, se trouvèrent sur son chemin. Comme ce cortége entrait dans Bordeaux, ils firent entendre une musique de triomphe ; et encouragés par l'approbation des plus jeunes officiers, ils accompagnèrent ainsi leur colonel jusqu'à sa demeure, malgré ses refus de se prêter à une telle distinction.

Les militaires qui étaient à leur poste, lui présentèrent les armes; ceux qui n'étaient retenus par aucun devoir, attirés par le son des instrumens, firent groupe avec les officiers et l'état-major. Les réjouissances pour la paix duraient encore, et toutes les têtes, exaltées par le plaisir des jours précédens, se livraient à des trans-

ports qu'il n'eût pas été facile de ré-
primer.

C'est alors que l'on put juger combien Astolfe était aimé des soldats
qu'il commandait. Lorsqu'ils surent
le danger qu'il avait couru , ils s'é-
crièrent spontanément : *Vive notre
Colonel !* Quelques vieux grenadiers
disaient au peuple que la curiosité
amenait de toutes parts :

— Ah ! mais c'est qu'il est brave
celui là ! c'est au feu qu'il doit périr,
et au milieu de nous encore.... — Et
ils répétaient : Il a le cœur français ,
notre mulâtre ! car , dans leurs discours familiers , ils lui donnaient ce
nom que l'expression de propriété, qui
y était jointe, rendait plus touchant
qu'on ne croyait d'abord. On appartient, pour ainsi dire, à ceux qui nous

aiment, et il y a bien du charme à
mériter ce titre de possession.

Ce cortége, qui grossissait à chaque
instant, semblait mû par un véritable
enthousiasme, et Astolfe, exalté lui-
même par une surprise si flatteuse,
heureux d'ailleurs des sensations que
conservait religieusement son âme au
milieu de tout ce bruit, laissait voir
sur ses traits sa reconnaissance et son
plaisir.

Le soleil du midi brillait alors de tout
son éclat : les jolies Bordelaises, atti-
rées aux fenêtres par l'apparence d'un
amusement quelconque, y restaient
peut-être moins pour voir, que pour
y être remarquées ; leurs yeux noirs
annonçaient une sorte de distraction,
pendant que leurs tailles à demi-
penchées semblaient peindre un désir

curieux. Plusieurs trouvaient à échan-
ger leurs regards , et les bals de la
veille avaient laissé dans leur mémoire quelques traits qu'elles retrou-
vaient parmi le groupe des jeunes
officiers.

La coquetterie sied si bien à une
figure française, qu'elle produit tou•
jours le désir de plaire et inspire la
gaîté. Cette réunion de visages rians
et animés rendait donc ce spectacle
aussi brillant qu'il pouvait être , et
complétait le tableau.

Le cortége approchait de l'hôtel des
Portugais, où logeait don Gonzalès ;
lui-même , soutenu par Lydie, prenait l'air sur le balcon qui se trouvait
sous ses fenêtres : tous deux , plongés
dans une profonde rêverie , prenaient

III.   15

peu de part à ce qui se passait sous
leurs yeux , quand tout-à-coup la figure d'Astolfe vint les frapper en
même temps ; elle semblait se déta-
cher du groupe qui l'entourait, comme
le noir cyprès au milieu des arbres qui
fleurissent avec le printemps. Sa tête
haute , la sombre expression qui la
caractérisait , le rendaient remarquable , et sa modestie disait mieux
que tout encore , que c'était à lui
que les vœux et les honneurs s'adres-
saient.

Gonzalès le reconnut ; son œil terni
par la souffrance s'enflamma de fureur, tandis que le regard timide et
tendre de Lydie tomba sur celui qu'elle
avait appelé son ami. Elle pénétra
tout avec le cœur d'une amante , et

le triomphe d'Astolfe fit du bien à
son âme. Elle avait besoin de le revoir;
mais le retrouver dans cette situation
l'enorgueillissait et la charmait à la
fois. Il n'y a point de femme qui
n'aime à trouver un héros dans celui
qu'elle préfère.

Astolfe avait aperçu Lydie au même
moment : il la salua, et des larmes
roulèrent dans ses yeux. Son cœur,
tant qu'il avait été flétri, lui en avait
refusé : l'amour et le bonheur lui rendaient la faculté de pleurer. Il n'était
point insensible non plus au plaisir
de paraître devant Lydie avec ces
avantages que son mérite seul lui avait
obtenus ; et tant de pensées confon-
dues causèrent en lui un attendrisse-
ment qui ne fut que trop partagé.
Gonzalès s'en trouva blessé ; il reprit

15*

le bras de Lydie, disparut avec elle,
et tout enchantement avait cessé pour
Astolfe.

CHAPITRE XXVIII.

———

C'est alors que la situation de Lydie lui devint tout-à-fait insupportable ; en même temps qu'elle se sentit opprimée dans ses sentimens comme dans ses actions , elle connut tout à la fois l'étendue du sacrifice qui lui avait été , pour ainsi dire , commandé, et le joug qui pesait sur sa vie.

Cette jeune américaine , élevée d'une manière si libre , si indépendante , dont le désir, le caprice même étaient reçus comme autant de lois ;

qui jamais n'avait connu la contrainte
dans l'heureux pays où elle était née,
et ne la concevait pas, grâce à l'innocence de ses goûts et à la confiance
de son époux; cette même Lydie venait d'éprouver tout-à-coup le poids
des reproches, l'atteinte de la ca-
lomnie. On prétendait régler jusqu'à
ses affections. Cette domination, qui
n'était adoucie par aucune indulgence,
refroidissait le cœur de la créole ; et
si elle vénérait Aurélio à cause de son
âge et de ses perfections, elle eût désiré peut-être trouver en lui quelques
vertus de moins et plus de facilité
dans le caractère et dans le langage.
La vie commençait à lui peser, comme
le malheur, et l'effort qu'on employait
à la séparer du seul être qui pouvait
la comprendre, donnait plus de force

à son sentiment pour lui. Astolfe était
devenu l'objet habituel de sa pensée ;
et en cédant à l'impérieux Gonzalès,
Lydie avait appris à détester sa chaîne,
et d'autant plus qu'elle voyait l'impossibilité de la briser.

La santé de Lydie, déjà altérée, se
ressentit encore de ces contrariétés
nouvelles : elles n'étaient point de nature à être confiées ; et d'ailleurs, qui
les eût comprises ? qui pouvait entendre ou consoler Lydie ? Son fils qu'elle
adorait possédait son âme, mais ne la
remplissait pas. Il était encore dans l'âge
où l'on reçoit tout sans rien rendre; car
les baisers d'un jeune enfant vont souvent chercher les larmes d'une mère,
et ne les tarissent point toujours.

Le chevalier de Valmire, sans être
présomptueux, n'eût point conçu

qu'un homme tel qu'Astolfe lui fût
préféré , ou peut-être eût-il été dangereux. de le lui laisser entrevoir :
un obstacle exalte quelquefois le cœur
le plus sage , et présenter un rival au
chevalier , eût fait perdre un ami à
la créole , sans lui rendre celui qu'elle
pleurait. Ainsi , de toute manière ,
elle devait se taire avec lui. Irma,
la seule Irma qui elle-même chérissait davantage Astolfe depuis qu'il
avait été son sauveur , eût plaint
sa maîtresse, mais par instinct plus
qu'avec intelligence , et ce n'est pas
ainsi qu'on veut être entendu lorsqu'on. dit ses peines. Il fallait donc
que Lydie les gardât au fond de son
cœur , et le fardeau en devenait plus
pesant chaque jour. Si elle avait été
heureuse de revoir Astolfe entouré de

ses amis , être l'objet de leurs soins ,
et dans une situation presqu'enivrante
par sa douceur ; si ses inquiétudes
cessèrent sur lui dès cet instant , ce
fut une jouissance bien passagère , et
que l'idée de le perdre empoisonna
bientôt.

Pour comble de souffrance, ses
consolations ordinaires avaient moins
de pouvoir sur son âme, car Lydie,
devant Dieu, rougissait maintenant
en songeant à Astolfe ; il lui semblait que quelque chose de coupable
s'était joint à son sentiment pour lui,
et sa prière était plus timide depuis
qu'elle croyait avoir un pardon à
implorer du ciel. Dans ses lettres à
Louisa , elle éprouvait le même embarras intérieur, et ce n'était plus qu'en
tremblant qu'elle y traçait un nom

qui, autrefois, revenait toujours sous sa plume, qu'elle laissait aller sans réserve et sans crainte.... Lydie redoutait la censure du monde et sa propre conscience. Pourtant, cette pensée si unique, si continuelle, soit qu'elle s'y livrât ou la réprimât, prenait toujours de plus profondes racines dans son cœur ; elle était devenue le plaisir et le mal de sa vie.

Le lendemain du jour où Lydie avait entrevu le colonel, Irma vint lui dire qu'il passait la revue de son régiment, que toute la ville serait à la place d'armes, où ce spectacle aurait lieu ; elle engageait sa maîtresse à s'y rendre, en la priant de l'y mener. Lydie en fut violemment tentée, d'autant plus qu'il y avait long-temps qu'elle n'était allée se promener avec son fils, et qu'elle eût été satisfaite qu'Astolfe embrassât son petit Amédée qu'il avait quitté au berceau. Ces différentes raisons lui parurent assez simples pour qu'elle ne les combattît pas, et elle annonça qu'elle allait sortir. Le chevalier de Valmire apprenant son intention, sollicita la permission de l'accompagner à cheval; elle n'osa le refuser, quoique d'abord elle n'eût point pensé à le mettre de la partie.

Lydie s'occupa de sa toilette avec quelque soin ; elle était charmante malgré sa pâleur, et rien n'était si touchant que cette figure vive et langoureuse à la fois, dont l'expression est peu connue en France, et qui fait des créoles les femmes les plus séduisantes. Son maintien sans apprêt,

l'oubli de toute espèce d'art dans ses
manières, rendait sa personne remarquable même au premier coup-d'œil.
Elle fut en effet très-regardée, et l'on
sut aussitôt qu'elle était la nièce de
don Aurélio de Gonzalès; mais on
ajouta en même-temps que, veuve
quoique très-jeune encore, elle allait
épouser le cavalier qui était à la por-
tière de sa voiture. Ce bruit se ré-
pandit : il parvint aux oreilles d'Astolfe et froissa son cœur. Il avait cru
remarquer, pendant la revue, que
Lydie évitait ses regards, qu'elle
causait fréquemment avec le chevalier de Valmire, et une impression
jalouse qu'il n'osait s'avouer le do-
mina; car ce sentiment existe souvent sans droit et sans exigeance.

Astolfe avait toujours vu Lydie

peu entourée, long-temps elle avait
vécu solitaire près de lui ; ce monde,
ce tumulte autour d'elle lui faisait
mal. Oh ! c'est alors que certain d'a-
voir touché son âme, il eût voulu
l'enlever au désert et lui consacrer
tout son être. La société, les honneurs
l'importunaient, et, véritable élève de
la nature, Astolfe eût volontiers renoncé à toutes les jouissances de convention pour posséder dans une solitude éternelle l'amie adorée de son
cœur...

— O Lydie ! ange du ciel ! se disait-il intérieurement, que fais tu au
milieu de ces êtres qui ne savent
qu'opprimer ou flatter ?... Peuvent-
ils te concevoir ? peux-tu les entendre, toi dont l'angélique pureté n'est
pas de la terre !

Astolfe n'avait aucun projet, mais il sentait que lui seul aimait Lydie comme elle le méritait; que lui seul saurait la rendre heureuse, la protéger, la défendre; et néanmoins ses transports, en découvrant le caractère de la tendresse de Lydie pour lui, s'éteignaient par la crainte d'avoir troublé sa destinée. Car, hélas! que pouvait-il? Non, non, Astolfe ne s'oubliait pas... il ne savait qu'aimer, se dévouer sans réserve et souffrir...

Lorsqu'il put décemment s'éloigner, le colonel s'approcha de Lydie: elle l'aperçut, fit arrêter sa voiture, et un rayon de joie éclaira et fit briller tout à coup son regard. M. de Valmire rendit à Astolfe son salut: il était prêt à lui tendre la main et a sacrifier son orgueil naturel à un souvenir reconnaissant, lorsque cette expression subite de Lydie l'arrêta. Elle venait de le blesser dans son penchant; et sa vanité prenant le dessus, il s'éloigna de quelques pas, cédant sa place à Astolfe, mais d'un air fier et dédaigneux qui perça le cœur de la créole.

Dans ce moment, quelques anciens militaires reconnurent le fils du comte de Valmire, avec lequel ils avaient servi autrefois, et après avoir renouvelé connaissance avec le chevalier, ils parlèrent de cette revue qui avait attiré leur curiosité : un second groupe s'était aussi formé autour d'eux.

— Vraiment! dit l'une des personnes qui venaient d'accoster le chevalier, on manœuvrait autrement

que cela dans notre temps : les hom.
mes de la Révolution ont perdu la
science militaire ; ils ne savent que
se défendre, que vaincre ; et l'art
donc ?...

— Oui, ajouta une autre personne de la même société, nous ap-
prenions pendant vingt ans cet art
du commandement, et nous voyons
aujourd'hui des officiers de fortune,
qui sortent de je ne sais où, et qui
prétendent à la gloire ! Ils s'imaginent
vivre dans la postérité ! Interrogez-
les, et vous verrez comment ils raisonnent cette science, qui ne doit
appartenir qu'au premier état de la
société, comme les distinctions qui
en sont le prix...

—Ils ne raisonnent point, dit un
homme du second groupe, qui s'é-

tait approché pendant cette conver-
sation.

— Que font-ils donc? reprit le
premier interlocuteur d'un ton suffi-
sant.

— Ils meurent! — Telle fut la
réponse de l'homme inconnu; toutefois, comme elle ne paraissait
pas satisfaire entièrement ces messieurs, il ajouta : le courage naît du
danger, la valeur s'accroît par l'exemple et le succès; quant à l'intrépidité,
elle est l'annonce du caractère, et
non le fruit de l'éducation ni de la
naissance; le germe des grandes actions est dans l'âme, on ne l'acquiert
point; le serment d'un homme suffit
pour l'enchaîner, comme un autre
se laisse entraîner par le seul amour
de la patrie. Ah! trop heureux ce-

III. 16

lui qui en a une à défendre !... tous
deux sont commandés par l'honneur;
s'ils sont fidèles, ils ont rempli leur
tâche : que leur demande-t-on davantage? si l'occasion fait les héros,
l'habitude et le temps forment le sol-
dat, et celui qui sut se distinguer par
l'obéissance, peut commander à son
tour : en ceci, la pratique est plus
imposante qu'une habile théorie; et
quoiqu'il soit vrai que cette réunion
produise les grands hommes, elle peut
se rencontrer sous le chaume comme
au fond des palais... Déjà la France a
donné le titre de sauveur à des jeunes
gens pleins de mérite et d'audace qui
n'avaient pas une plus illustre origine;
sans doute ils se sont proposé pour
modèle, ils ont pris pour type de
leur gloire la vie guerrière de leurs

prédécesseurs ; mais au champ de ba-
taille ils n'ont point réfléchi ; là le danger était commun, les rangs étaient
confondus, les temps même avaient
disparu à leurs yeux, ils mettaient la
main sur leur cœur et marchaient à
la mort. Croyez-moi, messieurs, continua l'étranger, glorifions-nous des
hauts faits de notre histoire, rendons
justice à la science militaire que re-
vendiquent à juste titre quelques-uns
de nos contemporains ; mais honorons-
nous de cette jeunesse ardente et dé-
vouée, qui, sans titre et sans nom,
saura protéger l'humble toit où elle
prit naissance, les palais où l'on dé-
daignerait de l'admettre, et nos tombeaux.

Ainsi parla l'étranger. Beaucoup
de personnes se regardaient, étonnées

16*

de son langage un peu sentencieux,
mais ferme, mais libre, qui contrastait
si singulièrement avec la simplicité de
ses vêtemens et de ses manières.

— Bon homme, lui dit-on, en le
regardant à peine, pour parler ainsi
vous avez vos raisons...., et il serait
possible de les expliquer.

— Je ne crois pas, en tout cas,
répartit l'étranger, que ce pouvoir
vous appartienne, ou je vous défie
d'en user....

M. de Valmire craignant que
cette discussion ne dégénérât en dis-
pute, fit remarquer l'air vénérable
et les cheveux blancs de cet homme
extraordinaire, et rappela ainsi le
respect qu'ils exigeaient : alors on in-
terpella ce dernier, pour savoir si ce
vieillard ne serait point par hasard

parent ou ami du jeune colonel, qui
certainement avait tout l'air d'un parvenu. Le chevalier se contenta d'af-
firmer qu'il ne le savait point ;
mais offensé dans son attachement, il
n'eut point le courage de défendre
Astolfe, ni de le replacer dignement
aux yeux des autres ; il abandonna
celui qui l'avait autrefois sauvé ,
aux sarcasmes de ces faiseurs de réputation, ou plutôt de ces détracteurs
qui croient se rehausser du mérite
qu'ils enlèvent aux autres.

Le vieillard était rentré dans le
silence où on croyait l'avoir réduit ,
et s'était contenté de lever légèrement
les épaules, lorsqu'Astolfe , jusqu'a-
lors étranger à tout ceci, exclusive-
ment occupé de la comtesse de Saint-
Yves et de son fils, se retourna en

s'entendant nommer. Il reconnut
aussitôt son bienfaiteur , son ami ,
l'homme inconnu, mais puissant ,
qui avait commencé sa fortune militaire; enfin , le vieillard de Montmorency.

Voler dans ses bras , le presser
contre son cœur, le présenter à Lydie,
fut pour lui prompt comme la pensée.
Cet instant fut encore heureux pour
chacun des trois; mais il fut court ,
un exprès vint avertir la nièce de
Gonzalès que son oncle la désirait
près de lui ; elle n'eut que le temps
de dire adieu au désolé Astolfe. Le
chevalier la rejoignit , et elle disparut
encore une fois aux yeux du mulâtre,
comme l'illusion d'un songe enchan-
teur que le réveil détruit.

CHAPITRE XXIX.

En rentrant en France , lorsqu'il ne concevait encore qu'une vague espérance de retrouver Lydie, Astolfe avait fait connaître au vieil ami qui lui avait servi de père , le lieu actuel de son séjour, en lui exprimant, avec son immortelle reconnaissance, le désir de le rejoindre bientôt ; il formait l'heureuse supposition que ce bonheur tarderait peu. Le vertueux ermite de Montmorency se trouvait avoir quelques affaires à Bordeaux , qui, depuis longtemps, nécessitaient sa présence. Le plaisir de revoir plutôt son jeune ami, le décida spontanément à ce voyage ; et il venait d'arriver, lorsque la nouvelle de la revue qui avait lieu ce jour-là, l'attira sur la place publique. Le vieillard aperçut bien Astolfe ; mais alors il paraissait occupé d'une jeune et belle femme, c'était Lydie. Remettant donc à un autre moment leur entrevue, il n'avait pu résister à l'envie de prendre part aux discours qui avaient frappé son oreille et qui tendaient à outrager celui qu'il protégeait. C'est ainsi que le vieillard se trouvait inconnu si près de celui qu'il venait chercher.

Cette réunion causa le plus vif plaisir à Astolfe, mais ne put bannir l'impression cruelle qui lui était

restée de son dernier entretien avec
Lydie, et l'effet qu'avait produit en
lui son air languissant et son extrême
pâleur ; depuis ce moment une idée
sinistre s'empara du mulâtre ; il lui
sembla que la terre allait perdre son
plus bel ornement; que la mort me-
naçait son amie. Cent fois il était
arraché au sommeil par cette image
déchirante, et ce pressentiment ne
le quitta plus ; tout devenait un affreux présage pour son âme ébranlée.
L'amour rend superstitieux, et Astolfe
interprétait jusqu'aux incidens les plus
simples, de manière à nourrir sa
douleur et son effroi : les intérêts du
monde n'étaient plus rien dans sa pensée, et souvent il se jetait sur le sein du
vieillard avec un déchirement de cœur
inexprimable.

III.   17

Il s'étonnait aussi que Lydie ne lui
eût point indiqué de quelle manière
il devait agir avec don Aurélio , et ne
l'eût point autorisé à se présenter chez
lui pour qu'il pût l'y revoir ; elle n'a-
vait point répondu non plus au vœu
qu'il avait manifesté de la recevoir
dans le charmant domaine qu'il devait
à ses soins : Astolfe crut entrevoir du
malheur dans toute cette réserve ; et
l'éloignement trop présumable de
Lydie le portait à désirer plus vivement encore de se réunir souvent à
elle.

Sa franchise lui était connue , il
fallait donc qu'elle eût déjà souffert
à son sujet , et que de là vînt sa répugnance à s'expliquer. Tant d'alarmes
exaltèrent à un tel point l'imagination
d'Astolfe , qu'il se sentait prêt à tout

entreprendre pour se rapprocher, ne fût-ce qu'une fois, de celle qui était l'arbitre de sa destinée.

Dans ce projet, Astolfe errait le soir aux environs de la demeure d'Aurélio : il n'avait point reçu de réponse à une lettre par laquelle il priait Lydie de décider pour lui ce qu'il devait faire, et ce silence avait doublé ses terreurs ; elles augmentèrent encore lorsqu'il sut par les gens de l'hôtel que la comtesse s'était trouvée très-incommodée et qu'elle ne se levait pas depuis plusieurs jours. Hors de lui par cette nouvelle, Astolfe courait comme un insensé, et ce n'était plus, comme autrefois, la douleur d'aimer sans espoir qui brisait son cœur, mais celle plus cruelle encore de voir périr, peut-être loin de lui, l'objet d'une tendresse partagée.

Ses pas le portèrent sans but dans un lieu qui paraissait calme et désert ; Astolfe ne voyait rien, et cette absence des hommes le retint où il se trouvait. Une secrète horreur avait frappé son esprit, une sueur froide coulait de son front, et les angoisses qu'il éprouvait lui faisaient croire davantage au danger de Lydie; car, ainsi que les âmes sensibles, il ne doutait pas de la sorte de sympathie qui les lie entr'elles, et fait sentir à chacune séparément la peine de l'autre unie à la sienne.

Marchant donc avec précipitation sur le terrein qui s'était présenté à lui, et tantôt s'arrêtant immobile

comme un homme anéanti par la foudre , Astolfe entendit des sanglots à
ses côtés : cet accent de douleur le
rappelle à lui-même ; il voit une
femme vêtue de deuil, qui est penchée
vers la terre , et s'aperçoit alors qu'il
est dans le champ funèbre , où tout
homme se repose de ses misères. La
voix d'une mère s'y fait seule entendre en ce moment ; elle appelle
son fils unique du fond du tombeau ;
elle regrette et pleure celui qui devait
l'y précéder , et déplore les liens qui ,
malgré elle , la retiennent vivante
loin de ce fils qui n'est plus.

Astolfe frémit, il lui semble que
la mort se présente à lui sous toutes
ses faces cruelles, et qu'elle veut le
préparer au coup le plus affreux; ses
terribles réflexions sont interrompues

par des cris étouffés qui déjà se sont
fait entendre. Mon fils ! mon cher
fils ! répète-t-on. — Oh ! moi, pensa
le mulâtre avec amertume, je puis
mourir, personne ne me redeman-
dera plus au ciel ! ah ! qui m'aimerait
si je perdais Lydie ! Les noms de père,
de mère, l'affection fraternelle me
sont inconnues ! jamais une jeune et
brillante fiancée ne fut pressée sur
mon cœur, je n'ai connu de la vie
que les feux dévorans de l'amour,
et partout où je finirai ma carrière,
sera pour moi le sol étranger : un seul
ami m'est donné, eh bien, le temps
m'a fait naître presqu'au déclin de sa
vie, je dois lui survivre... Mais toi,
Lydie, belle et tendre, que la nature
me montre comme une divine com-
pagne; lorsque la société me repousse,

lorsqu'elle creuse ta tombe par les ri-
gueursdont elle t'accable, et que peut-
être mon amour est aussi une cause
de ta destruction, qui m'obligera à lan-
guir sur la terre si tu dois la quitter? O
dieu! dieu! soutiens ma raison, mon
courage; je blasphème sans doute,
mais pardonne-moi, ne m'enlève point
mon ange tutélaire, ou prends ma
vie...

Égaré, hors de lui, Astolfe sentait déjà comme réelle une peine qui
n'était qu'imaginaire, et son âme mo-
bile et forte à la fois formait la plus
affreuse supposition, et s'exaltait par
l'idée du possible, pensée cruelle
même au sein des plaisirs, *et qui fait
trembler lorsqu'on goûte un jour heureux sur la terre, dans la crainte du
lendemain.*

La nature a des consolations pour
la douleur, et si les humains s'étonnent
quelquefois de survivre à leurs peines
morales, c'est à elle qu'ils en sont
redevables : Astolfe éprouva ce secours, car lorsqu'il s'abandonnait aux
plus sombres rêveries, il trouva le
sommeil au milieu des tombeaux; sa
tête reposait sur le marbre d'un sé-
pulcre, et là un songe vint remplir
son cerveau de fugitives images et lui
représenter les premiers jours de son
enfance. Il croyait revoir les lieux
qui avaient frappé ses regards nais-
sans; un ciel pur, échauffé des brû-
lans rayons du soleil, l'odeur des
parfums et tout le luxe de la puissance se peignait à lui; une femme
mystérieusement voilée lui apparut,
et dans l'instant un orage épouvan-

table remplaça les beautés du séjour
qu'il admirait; cette femme vint se
joindre à lui; tous deux entourés de
vapeurs enflammées et légères, se
trouvèrent séparés du reste des mor-
tels; long-temps ils eurent à com-
battre les terribles élémens qui s'éle-
vaient contre eux, et pourtant les
ténèbres ne lui laissaient point recon-
naître celle qui s'était trouvée ainsi
associée à son sort. Astolfe luttait avec
toutes ses forces pour frayer un chemin
à l'être fantastique qui partageait ses
dangers, et sa main s'était emparée
de la sienne pour le guider plus sûrement, quand un coup de tonnerre
ébranla le ciel au-dessus de leurs
têtes, et la terre, qui frémissait sous
leurs pas. Une clarté rapide avait
précédé cette détonnation, et Astolfe

avait alors entrevu les traits de Lydie à la lueur des éclairs ; son visage
était riant et tranquille comme dans
le temps du bonheur ; elle lui montrait un point à l'horizon, dégagé de
nuages, et l'attirait vers elle en lui
disant de l'y conduire ; elle lui appa-
raissait enfin comme un ange prêt à
prendre son vol vers les cieux, et cherchait à l'entraîner.

Il en était là de son rêve, lorsque
l'homme chargé de surveiller l'asile
des morts et d'en fermer l'entrée,
vint éveiller Astolfe en lui annonçant l'heure de la retraite pour les
étrangers.

Déjà la nuit répandait ses ténèbres
autour d'eux ; à la voix du gardien,
Astolfe se leva et sortit lentement,
plus calme alors, mais toujours pré-

occupé de l'image enchanteresse qui ne l'avait point abandonné même pendant son sommeil.

Il revint encore à l'hôtel de don Gonzalès : tout y paraissait dans un profond repos; Astolfe en fit le tour du côté du jardin; il ne put résister au désir d'entrer dans un endroit qui n'était défendu que par une haie vive, et s'avança sous les fenêtres d'un appartement qu'il reconnut pour être celui de Lydie, aux fleurs dont il était extérieurement orné; cent fois il lui en avait cueilli de semblables, et ces mêmes parfums qu'elle préférait à tout autre lui avaient annoncé sa présence; il ne douta donc point que ce ne fût là qu'elle habitait et qu'une simple jalousie le séparait d'elle. Astolfe s'imaginait

qu'il aurait pu l'entendre si elle eût
soupiré, et cependant aucun bruit
ne parvint à son oreille.

D'abord ce silence tranquillisa Astolfe, il pensa que si Lydie eût été
plus malade, les soins qu'on lui aurait donnés eussent causé du mouvement autour d'elle; et néanmoins,
tant le cœur est inconséquent, cette
immobilité continuelle lui rendit
bientôt ses terreurs; il passa deux
heures à attendre que quelqu'un s'a-
gitât dans cet appartement, et ne vit
paraître que la faible lueur d'une
lampe, qui resta fixée à un seul
endroit, autant qu'il était possible
d'en juger du dehors. Une ombre
passa aussi légèrement devant cette
lumière, mais s'évanouit aussitôt. En-
vain Astolfe pensa qu'Irma se mon-

trerait à lui et qu'il saurait par elle
des nouvelles de Lydie; personne ne
vint jusqu'à la fenêtre où il restait
attaché , respirant à peine et dans
toute l'anxiété de la crainte et de l'a-
mour.

L'air, dans cette soirée, se trouvait
d'une extrême douceur, et les fenêtres étaient recouvertes soigneuse-
ment de doubles rideaux; néanmoins
il était vraisemblable que l'on vien-
drait tout fermer avant que la nuit
fût entièrement close.

— S'il m'était permis de la voir ,
pensait Astolfe , de la contempler un
instant! ce bonheur acheté de tant
d'inquiétudes serait-il une trop
grande faveur de la destinée... grand
dieu! un moment, un seul moment...
que je m'assure de l'existence de

Lydie, et j'emporte un repos dont mon cœur n'a que trop besoin. Lydie!... Elle dort sans doute... ah! je le sais, la vue de son ami pourrait l'étonner au réveil; mais l'effrayer!.. jamais!

Dans cette confiance, Astolfe sépara la jalousie entr'ouverte, s'élança au-dedans de l'appartement, usant des plus grandes précautions et avec l'intention d'en ressortir aussitôt : toutefois, ne pouvant plus se contenir, il s'avança d'un pas rapide, quoique tremblant, jusqu'à l'alcove où il s'imaginait voir la créole endormie.

En effet, après une journée douloureuse, Lydie avait cédé à l'accablement et reposait ; un reste de fièvre colorait ses joues et leur rendait le

pourpre de la santé. Cette apparence
servit à tromper Astolfe. Il la trouve
plus brillante de jeunesse et de beauté
que jamais, et se rassura sur les inquiétudes qu'il crut avoir faussement
prises. La tête, les bras de Lydie
étaient placés naturellement de la
manière la plus ravissante, qui répandait sur elle une séduction inexprimable. Son attitude, sa personne
entière offraient un mélange enchan-
teur d'innocence et de volupté, et,
quoique ce charme ne fût point nouveau pour Astolfe, jamais peut-être il
n'avait autant pénétré ses sens et son
cœur. Ces pressentimens s'évanoui-
rent en cet instant; il retrouvait sa
Lydie, belle, paisible, puisant la vie
et la santé au sein d'un doux sommeil. En la contemplant avec délices

il croyait qu'on venait de la lui rendre
après une longue absence, et, confus
de ses trop vives alarmes, il le devint
ensuite de sa position délicate lorsqu'il se fut rassuré sur Lydie.

Astolfe songeait à la retraite ; il ne
voulait pas profaner d'une seule pensée ce séjour où le sentiment le plus
pur l'avait conduit, et cependant
l'ivresse qu'il éprouvait lui en faisait
sentir le danger. Son imagination lui
représenta trop bien Lydie, l'appelant du nom d'ami, lui rendant la
vie à force de tendresse, trahissant
avec tant de candeur le secret de son
âme; il se peignit tout-à-coup une vie
d'enchantement passée avec elle, et
Astolfe ne la voyait plus qu'entourée
du prestige de l'amour : ses yeux se
troublaient, son front brûlant cher-

chait un appui ; il avait résolu de fuir,
et restait encore. Une lettre était dans
une des mains de Lydie, et Astolfe
avait reconnu l'écriture de madame
d'Elmance ; sans doute (et il le croyait
à regret) elle avait été sa dernière pensée avant le sommeil : il regardait autour de lui comme pour chercher un
sujet d'observation, la trace d'un
souvenir de lui, un prétexte enfin de
retarder son éloignement, et se laissait pénétrer toujours davantage par
l'attrait inexprimable qui existe à
respirer le même air que ce qu'on
aime.

Toutefois le respect qui n'avait jamais abandonné le cœur d'Astolfe
pour l'objet de son culte, lui interdit
encore ce plaisir : il fut réveillé d'un
oubli momentané par la crainte de

III.   18

comprommettre la femme qu'il idolâ-
trait; et si son âme brûlante conçut
toutes les voluptés de l'amour heureux, Astolfe sut réduire son ardeur
et commander à son délire. Prosterné
près du lit de Lydie, il imprima ses
lèvres sur les objets qu'elle avait
touchés, il baisa l'empreinte de ses
pas. Dans ce sanctuaire où elle reposait avec sécurité, il sut immoler
jusqu'au bonheur de s'enivrer plus
long-temps de sa vue, et s'arracha
d'auprès d'elle sans avoir même approché son souffle d'une main que le
hasard et l'occasion semblaient lui
livrer.

Cependant le mulâtre avait trop
tardé, et un bruit qui se fit entendre
au moment de sa retraite suspendit
sa marche encore incertaine : on s'a-

vançait vers les appartemens de la comtesse de Saint-Yves ; quelques cris venaient de l'extérieur et ôtaient au colonel l'espoir de fuir, sans être aperçu, par l'endroit qu'il avait déjà franchi. Il mit l'épée à la main pour sa propre sûreté, et ne pensa plus qu'à éloigner tous les soupçons que sa présence chez Lydie pouvait faire concevoir, en se jetant loin du lieu qu'elle habitait. Le tumulte augmentait à chaque instant ; déjà Irma éplorée ouvrait la porte de la chambre de sa maîtresse ; Astolfe prit le côté opposé, s'échappa par un cabinet ouvert, et ne trouvant aucune résistance, parcourut au hasard plusieurs appartemens, lorsqu'un incident l'arrêta tout à coup.

CHAPITRE XXX.

La cause de ce mouvement avait été précédée de circonstances qu'il est nécessaire de développer et qui aideront à comprendre la situation des divers personnagesqui se trouvent en scène en ce moment.

D'abord il faut se rappeler que la baronne d'Outreville, en perdant à la fois les agrémens que lui offrait la maison de don Gonzalès et ceux qu'elle trouvait à dominer une nièce douce et timide, ne renonça point au

plaisir de jouer un rôle quelconque ;
elle jugea sans doute que celui d'in-
trigante entrait mieux qu'un autre
dans ses moyens, et elle l'adopta par
goût et par réflexion. Instruite par
quelque agent subalterne de ce qui
s'était passé à Bordeaux, et comment
don Aurélio y était retenu par l'avis
des médecins, qui lui avaient défendu
de poursuivre son voyage ; comment
encore Astolfe, devenu colonel, se
trouvait rapproché de Lydie ; confon-
dant les rapports vrais avec les impu-
tations calomnieuses, et saisissant
l'occasion de reproduire ses principes
hautains et sévères, madame d'Outreville n'avait point manqué, en bonne
parente, de déplorer, avec sa famille,
ce qu'elle appelait les indignes fai-
blesses de sa belle-sœur et l'erreur

fatale qui lui faisait oublier son rang
pour admettre dans son intimité un
homme *de rien*, objet, suivant elle,
de mépris et de pitié. Elle avait peine
à concevoir que cette réunion eût
existé sous les yeux du saint Aurélio,
et elle l'accusait d'une coupable négligence que son esprit ingénieux se
promit de réparer.

En conséquence, suivant l'impulsion de son caractère froid et exagéré,
elle avait composé une lettre de grands
mots, où, sous l'apparence de la sensibilité et de l'intérêt, elle ne ména-
geait ni la réputation, ni la délicatesse d'une belle-sœur qu'elle disait
aimer! La médiocrité n'est que trop
souvent fine et malicieuse : elle manque d'autant moins son but, qu'on
est tenté de supposer moins d'art aux

gens sans esprit , tandis que l'envie de nuire leur en tient lieu presque toujours.

Cette lettre, ainsi combinée et habilement motivée, fut écrite pour madame d'Elmance ; et quoique celle-ci connût assez bien madame d'Outreville, elle ne put croire, en la recevant, que ce tableau si fortement colorié fût tout-à-fait d'invention. Son attachement pour Lydie s'en effraya , et quelques observations puisées dans sa correspondance avec elle lui firent penser que le danger était réellement aussi grand qu'on le lui disait. Les réticences qui régnaient depuis peu dans le style de la créole, ses expressions mélancoliques, étaient pour Louisa autant d'indices fâcheux qui prêtaient quelque réalité aux plaintes de l'austère baronne.

Madame d'Elmance avait un cœur tendre, un esprit éclairé, que le malheur et l'expérience avaient encore épuré de tout faux système; cependant elle savait combien il est nécessaire aux femmes de respecter l'opinion, et quels chagrins elles se préparent lorsqu'elles osent la braver. Louisa sentit qu'elle allait déchirer le cœur d'une amie; toutefois elle crut devoir à l'amitié même d'écarter de ce cœur une illusion dangereuse à son repos, espérant qu'il en était temps encore; et la même plume qui avait pris la défense de Lydie en répondant à son accusateur, traça à la première des vérités cruelles, mais qu'elle croyait nécessaires pour sauver sa sœur, son élève, du malheur et de la honte. Louisa implorait du ciel cette voix qui sait adoucir les blessures qu'on est obligé de faire, et s'exprima ainsi en s'adressant à madame de Saint-Yves :

« Faut-il, ma Lydie, que j'aille au-
» devant de ta confiance, toi qui
» autrefois me laissais lire ·chaque
» impression de ton cœur ! pourquoi
» sembles-tu craindre maintenant que
» j'approche du sujet qui t'occupe le
» plus, car l'habitude de t'entendre
» m'a appris à te deviner. Ah ! tu le
» sais bien pourtant, je ne suis point
» de ces êtres indiscrètement curieux
» qui exercent sur leurs semblables
» une odieuse inquisition, je hais

III.   19

» jusqu'à leur vue pénétrante, indice
» presque certain d'un mauvais cœur,
» et ne sais rien des indifférens que
› ce qu'ils veulent bien m'appren-
» dre ; mais pour ceux que j'aime, on
» dirait que mes facultés s'étendent:
» je pressens pour eux le malheur,
» l'avenir ! quelque chose d'intérieur
» m'avertit de leurs peines, et me
» rend inquiète lorsqu'ils pensent
» avoir ménagé mon âme par leur
» réserve.

› Que penserais-tu, ma chère et
› douce Lydie , si, me laissant aller
» à l'inspiration de l'amitié, je te fai-
» sais part du secret avertissement
› que le ciel semble me donner pour
› toi , et si je soulevais le mystère
› dont tu couvres tes sentimens ?...
» Pauvre Lydie ! je te vois d'ici pal-

» piter et rougir... Tu me redoutes !
» ah ! rassure-toi : je te plains , il est
» vrai ; mais en t'aimant plus que je
» ne puis le prouver et le dire , à quoi
» servirait de feindre plus long-temps ?
» Ton cœur s'est donné, tout me l'as-
» sure ; sensible et sans prévoyance ,
» enfant de la nature , suivant son
» impulsion, tu as subi l'entraînement
» des circonstances.

   » Un jeune homme dont la nais-
» sance peut être présumée noble ,
» quoiqu'elle soit inconnue, est porté
» par le malheur dans ta famille ; il y
» est élevé ; son âme se montre grande,
» son caractère sublime ; chacune de
» ses actions paraît être un pas vers
» la vertu ; il supporte l'infortune avec
» une noble fierté , et dans le rang
» où ses qualités l'élèvent, il prouve

» encore qu'il sait mériter le bonheur,
» et partout il se montre supérieur à
» sa destinée. Cet homme t'aime,
» Lydie ! une passion terrible le sub-
» jugue et peut-être rehausse encore
» son âme. Tant de constance, de
» respect, faut-il le dire, de douleurs,
» ont fini par toucher la tienne ; la
» jeunesse, la puissance merveilleuse
» et attractive de l'amour ont tout
» fait. Aucun de vous deux n'est cou-
» pable devant Dieu ; cependant aux
» yeux de la société, chère amie,
» tu es, ou tu serais impardonnable,
» si elle pouvait soupçonner cet en-
» traînement, qu'elle nommerait fai-
» blesse. Ah! c'est maintenant que
» ma tâche devient difficile, puisqu'il
» faut t'éclairer sur les suites d'un
» penchant que le monde réprouve-

» rait sans doute s'il lui était connu.

» Le brave, le généreux Astolfe
» est un de ces êtres qui, jouets d'un
» sort inconcevable, abandonnés,
» oubliés, pour ainsi dire, sur la terre,
» n'y peuvent réclamer ni nom, ni
» rang ; et dans ce monde on confond
» trop aisément l'abjection avec le
» malheur, pour que la première des-
» tination de sa vie lui soit pardonnée.
» Il semble même que le sang qui
» coule dans ses veines, seul héri-
» tage de ses pères, soit un titre de
» proscription ! Pourtant, il faut le
» dire, si la saine raison s'élève contre
» cette sorte d'injustice, il n'est per-
» mis que jusqu'à un certain point de
» repousser loin de soi le cruel pré-
» jugé qui a prononcé en Europe l'ar-

» rêt de tout homme de couleur né
» dans l'esclavage.

» Lydie, je t'afflige, je te rappelle
» un temps d'infortune, et j'humilie
» malgré moi l'homme le plus fait
» pour être exalté ; cependant, crois
» bien que si le cœur peut faire ou-
» blier les distances, si la nature
» indulgente et libérale protège les
» amans en leur offrant pour refuge
» ses douces lois, il est des devoirs,
» des considérations que l'on ne blesse
» jamais en vain dans l'état social, et
» pour l'oubli desquels il n'est point de
» consolations durables. Il est peut-être
» fâcheux d'en convenir ; mais il faut
» pour le bonheur, non-seulement ho-
» norer l'objet de son choix, mais en-
» core que l'univers puisse y applau-

» dir, et la félicité dont on peut rougir
» une fois, s'exhale et se perd. Nous
» avons besoin, pour bien sentir la
» douceur d'une affection, qu'elle
» soit approuvée, du moins des âmes
» sensibles et délicates qui semblent
» exister pour sanctionner la vie des
» autres, et du jugement desquelles
» on croirait en vain pouvoir se
» passer.

» Veuve d'un homme sage et res-
» pecté, mère d'un fils qu'il t'a laissé,
» pour lequel tu as eu le courage de
» sacrifier tes goûts et presque les
» douceurs de l'amitié, penses-tu, ré-
» tractant tes engagemens, confier
» ton sort au pauvre étranger recueilli
» jadis par ton époux ? ou s'il n'est
» aucune espérance d'union entre
» vous, laisseras-tu dévorer ton cœur

» par une passion qui, chaque jour,
» s'augmentera de celle que tu auras
» inspirée ? Ce spectacle dangereux
» t'est-il permis, si tu te rends à ce
» que t'imposent les convenances,
» et ne crains-tu pas l'occasion d'une
» faute dont l'honneur et la sagesse
» te feraient un horrible supplice ?...

» Chère enfant, bonne et douce
» amie, pardonne à ma prévoyance;
» ah! je ne doute pas qu'elle ne dé-
» passe de beaucoup le danger où tu
» te trouves, songe cependant que
» quiconque a su résister à l'attrait
» de l'amour et du plaisir, n'a pas
» toujours retrouvé ses forces contre
» le désespoir et les larmes; que tu
» es à la veille de quitter Astolfe et
» la France; que d'un moment à
» l'autre ton oncle se rétablira et

» mettra une barrière entre toi et
» celui qui possède ton cœur ; et
» qu'enfin si tu laisses voir ta faiblesse,
» cet Astolfe, avide de bonheur et
» d'amour, cet homme qui ne con-
» nut jamais d'obstacle, peut vouloir
» tout franchir pour ne plus être sé-
» paré de toi, s'attachera à tes pas, à
» ta destinée, et te perdra...

» Réfléchis, mon ange, réfléchis,
» écoute ta raison et mes conseils;
» ne serait-il pas plus prudent d'é-
» loigner dès à présent la vue d'un
» objet trop intéressant à tes yeux,
» d'user de ton pouvoir pour régler
» sa conduite et commander pour
» ainsi dire à son cœur ! Tu t'es
» montrée sensible, reconnaissante,
» ah! c'est assez; redoute, je le répète,
» de paraître tendre... Je crains

» pour toi ton isolement, ta tristesse,
» jusqu'à ta douceur, et cet abandon
» de ton caractère qui présentait tant
» de charmes, lorsqu'il n'y avait
» que de la paix dans ta vie. Ah!
» que ne suis-je près de toi! je raffer-
» mirais ton âme, je soutiendrais ta
» vertu, ou du moins j'ôterais quel-
» ques douleurs au sacrifice qu'elle
» te commande.

» Dis-moi, don Gonzalès restera-t-
» il encore long-temps à Bordeaux;
» aurai-je le temps de l'aller joindre
» et de te voir avant votre départ
» pour Lisbonne? auras-tu la force
» toi-même de continuer ce voyage?
» le dérangement de ta santé m'in-
» quiète, aussi je voudrais la soigner
» et te servir encore une fois de
» mère. Enfin, ma Lydie, sonde bien

» ta position, juge et décide toi-
» même : appelle-moi si tu le juges à
» propos; Albert me conduira à tes
» côtés, il me l'a promis; surtout ne
» sois pas effrayée de la nature de mes
» avis, ils viennent d'un cœur trop
» alarmé peut-être, mais qui t'est
» dévoué; et soit que j'obtienne ta
» confiance ou que tu juges à propos
» de me la refuser, mes craintes ou
» ton secret mourront dans mon
» sein, et ma tendresse pour toi n'en
» sera pas moins celle d'une sœur et
» d'une amie. »

LOUISA.

Lydie rappelée auprès d'Aurélio par
un de ces actes de despotisme qui lui
étaient ordinaires, avait quitté précipi-
tamment Astolfe et le lieu de prome-

nade où M. de Valmire l'avait suivie; elle trouva don Gonzalès mécontent de sa longue absence, plus courroucé encore lorsqu'il en eut pénétré le principal motif; et Lydie, qui sentait chaque jour une main de fer s'appesantir sur elle, alla cacher dans son appartement ses larmes et ses déplaisirs; là, elle trouva la lettre de madame d'Elmance, qui d'abord adoucit sa peine; mais dès qu'elle en comprit le sujet, elle se trouva glacée tout à coup par une idée pénible; c'est que les secrets de son âme, à peine connus d'elle-même, étaient non - seulement devinés, mais encore condamnés par tous ceux qui s'intéressaient à son sort : Louisa, la bonne, l'indulgente Louisa n'y trouvait point d'excuse! Cent

fois Lydie relut cette peinture d'un
entraînement presqu'irrésistible, et
des maux qui devaient le suivre; elle
ne trouvait pas en elle le courage de
supporter le blâme universel, et c'est
alors que le sentiment de son imprudence vint l'effrayer!

— Qu'ai-je fait! s'écriait-elle. Oh!
si Louisa connaissait toute ma faute,
et à quel point je suis devenue malheureuse, combien elle me plaindrait!
Astolfe sait tout... hélas! connaissais-
je moi-même combien il m'était cher!
s'il n'eût point été menacé par la
mort, peut-être l'ignorerais-je encore!... Je le pleurais mourant, mon
amour c'était des regrets; il vit... et
pourtant mes larmes doivent couler
toujours!

Lydie ne concevait pas qu'elle eût

montré à Louisa ce qu'elle éprouvait
pour Astolfe, à une époque où son
propre cœur n'était point encore
éclairé sur la nature de l'affection
qu'elle lui portait ; sa lettre le lui
prouvait cependant, et ce n'était
point son plus grand chagrin. Il existait tout entier dans le sacrifice qui
lui était commandé, car, elle le sentait trop, la lettre de sa sœur n'exprimait point l'exigeance de ces
femmes heureuses qui cherchent à
contraindre un attachement qu'elles
ne conçoivent point, ou à déchirer
sans pitié un cœur déjà souffrant.
Louisa parlait le langage de la raison,
de la vertu ; mais la sensibilité de son
âme le rendait doux et persuasif, et
Lydie voyait bien qu'en lui traçant
son devoir, son amie avait souffert

avec elle, et qu'elle avait senti sa
peine. Toutefois, ce coup atténué n'en
allait pas moins frapper son cœur, et
la reflexion désespérante ne lui offrait
ni ressource ni prétexte pour refuser
ce qu'on attendait d'elle.

Une dignité noble et froide peut
servir de refuge quand on se trouve
offensé par ce qu'on aime, et donner
de la force momentanément pour soutenir ce malheur; mais, en cette
occasion, la fierté n'aurait pu consoler Lydie ni lui être d'aucun secours. Elle allait sacrifier pour jamais
à l'orgueil de la naissance et des conditions un cœur incomparable! elle
allait encore une fois immoler le bonheur de toute sa vie et celui d'un
autre à l'opinion du monde! Ce chagrin était sans dédommagement pour

la créole , dont l'âme affectueuse et tendre appréciait un sentiment vrai , avant les plaisirs de convention qu'accorde la société , et même avant son estime, qu'elle fait payer si chèrement.

Si j'ai été coupable d'un tort sans pardon , en aimant Astolfe , pensait-elle , mon sacrifice et ma mort serviront à l'expier.

En effet , en prenant la résolution de rompre tout rapport avec le mulâtre , Lydie avait fait un effort au-dessus de son courage ; sa santé , déjà altérée, céda tout-à-fait , et une fièvre ardente s'empara d'elle. Lorsque cette jeune infortunée en sentit la première atteinte, c'est alors qu'elle désira plus vivement son amie , dans l'espoir de rendre son dernier soupir sur son sein. Lydie avait toujours eu une grande répugnance à se rendre en Portugal; et lorsqu'elle crut mourir en France, une sorte de joie revint encore habiter son cœur. Tous ses vœux se portèrent vers Louisa; elle réunit son courage pour lui répondre, et avant de se mettre au lit elle traça ce peu de mots d'une main défaillante:

« Il était vrai, ma Louïsa, un sen-
» timent aussi profond qu'involon-
» taire avait pénétré mon âme : j'en
» demande pardon à Dieu si cet
» amour l'offense; et si je ne puis l'ar-
» racher de mon cœur, du moins
» vous verrez que je cède à la voix de
» la tendresse pour tout ce qui dé-
» pend de ma volonté. C'est vous-

III.

» même, ma sœur, mon amie, qui
» briserez ces nœuds qui se sont for-
» més à force d'obligations et de re-
» connaissance. Astolfe recevra de
» vous le coup que je n'aurai point
» la cruauté de lui porter..... L'infor-
» tuné! il a déjà tant souffert!... qui
» sait... Venez donc, mais sans retard.
» Ce n'est plus don Gonzalès seul qui
» est retenu ici, c'est moi qu'on n'en
» peut plus arracher que mourante,
» et on ne le fera peut être pas........
» Chère Louisa, vous avez été ma
» seconde mère. Ah! si j'ai trop vécu
» loin de votre présence, du moins
» que je ne meure point sans vous!»

Après que ce billet fut parti, la
comtesse de Saint-Yves se retira dans
son appartement et témoigna l'envie

d'y être seule ; Irma veillait dans une chambre voisine de la sienne ; elle alluma la lampe de nuit, ainsi que l'avait remarqué Astolfe, et se retira d'après l'ordre de sa maîtresse. Lydie ne pouvait plus lire la lettre de Louisa, mais elle la mit sur son cœur comme pour le fortifier contre les douleurs qu'elle éprouvait. C'est ainsi qu'elle s'était endormie, quand le mulâtre impatient, exalté jusqu'au délire, ayant pénétré chez elle.

FIN DU TOME TROISIEME

Imprimerie de GUEFFIER, rue Guénégaud.

www.ingramcontent.com/pod-product-compliance
Lightning Source LLC
Chambersburg PA
CBHW061448030726

47503CB00005B/1622